龍雲
作品

龍雲
作品

龍雲
作品

龍雲
作品

龍雲 著
啻異 繪
黃泉委託人
極惡企業

極惡企業

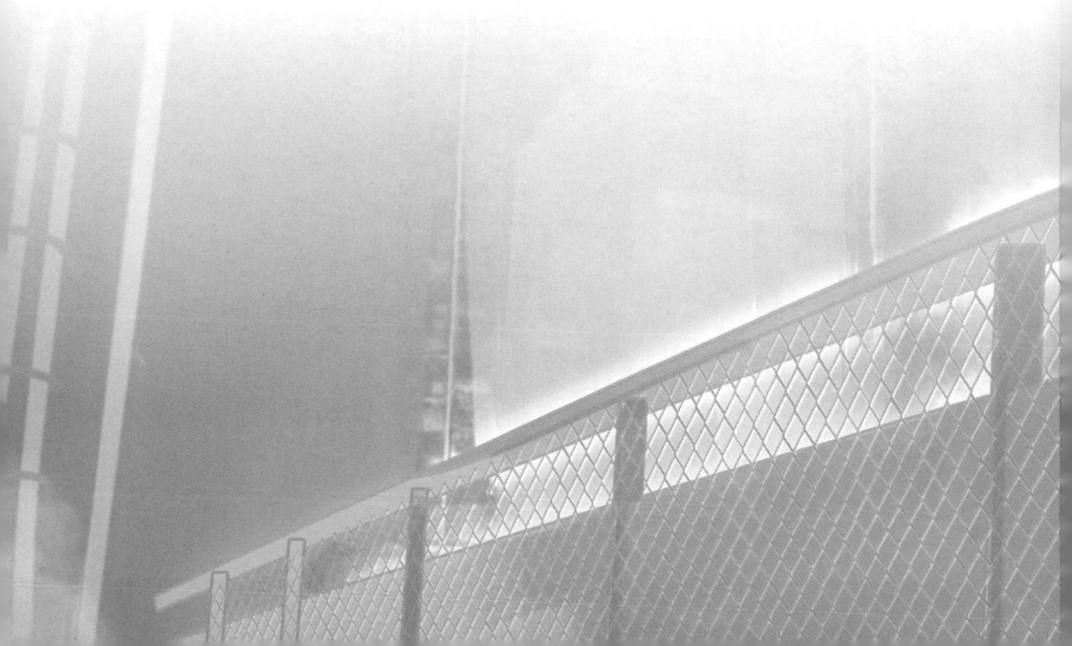

人物簡介

謝任凡

二十八歲，身高一百七十幾公分，一名看似平凡的男子，在黃泉界卻有一個響噹噹的名號——「黃泉委託人」。在陰年陰月陰時陰分出生的極陰之子，擁有強大的靈力與陰陽眼，藉著自己的能力，替鬼辦事收取酬勞維生。擁有兩個鬼老婆，並能與鬼稱兄道弟，卻不擅長與人交往。

小憐、小碧

兩人原為黑靈，現年約四十五歲，外表則維持在死時十八歲的青春美貌。在任凡的感化下，化解了兩人的怨氣，並一起成為任凡的妻子。兩人互認為異姓姊妹，比較成熟嫻淑的小碧是為姊姊，而比較俏皮可愛的小憐則為妹妹。

撚婆

年約七十，個子嬌小而法力高強的法師。為了學習法術，選擇了孤老終生作為代價，是孟婆在人間的十三個乾女兒中唯一還在世的。獨自撫養任凡長大，是任凡在人世間最為親近的乾媽。個性直來直往，退休之後獨自一人住在山區，過著簡樸的生活。

孟婆

撚婆的乾媽，任凡的乾奶奶，也是眾所皆知的遺忘之神，常駐於地獄的奈何橋邊。沾一滴孟婆所熬煮的孟婆湯，便能遺忘過去所有的記憶，方可投胎轉生。然而喝多了孟婆湯，則在重生後也無法記住事情，變成俗話中的白痴。

葉聿中

職業鬼差，穿著與黑白無常類似的服裝，人模人樣的外表下，卻有著讓人一看就知道不是人類的恐怖表情。與任凡是舊識兼死黨，平時看似是個遊手好閒的賭徒，必要時卻是個值得信任，經驗老到的鬼差。

易木添

三十六歲，身形單薄，眼神卻透露出氣魄的法師。自小被廟公收養，聽遍天師黃鳳嬌（撚婆）的鬥法故事，以成為像天師一樣的高人為目標。自稱是任凡的宿敵，也視任凡為自己的唯一宿敵。

白方正

三十歲，擁有將近兩百公分，及近百公斤的高大壯碩身材，與外型相反的，生性十分怕鬼。操守中正，個性中規中矩，正義感十足。在與任凡結識後，意外的透過鬼和任凡破了許多棘手的案件，因而搖身變成警界最炙手可熱的超級救世主。

爐婆

撚婆的師妹，五十幾歲的年紀卻很時尚，三不五時還會烙英文。法力不凡，卻因為曾經說實話得罪過人，自此之後抱著遊戲人間的心情。曾經因為某件事情被逐出師門，因為撚婆的挺身而出，對撚婆充滿敬意。在任凡的一次委託中，成為了方正的乾媽、旬婆的乾女兒。

旬婆

數萬年前，在地獄與孟婆相爭失利，因而不被世人熟知。常駐於與奈何橋相對的奈洛橋邊，並研發出能破解孟婆湯的旬婆湯，喝下肚便能讓人記起前世因緣。與任凡交換條件，達成協議後，令方正被迫成為她在人間界的乾孫子。

借婆

陰間的大人物，與孟婆、旬婆並稱黃泉三婆。手持有顆八卦球當杖頭的枴杖是她的註冊商標。相傳每兩個鬼魂中，就有一個欠債於借婆。是黃泉界的大債主，也是唯一可以插手因果的人物。與任凡因緣匪淺，在任凡不在的這段時間，擅自住進任凡的根據地。

張樹清

生前為方正在警界的大前輩，是名高階警官，死後則變成菜鳥鬼差。現年約五十歲，容貌則維持在死時四十五歲的模樣，除了穿著鬼差的制服，其他地方看起來不過像是個膽怯老實的中年男子。與自己在世時眾多同居人之一的芬芳冥婚，過著分隔陰陽兩地的幸福生活，並努力學習當個稱職的鬼差。

溫佳萱

二十八歲，才貌兼具，年輕有為的女法醫。從小就擁有陰陽眼，在突破恐懼後比一般人更堅強，更有勇氣，也以自己的職業為天命。揭穿方正破案的手法後，成為其搭檔似的存在。

伊陸發

黃泉界陰氣最弱的鬼魂之一，不管身為人還是鬼都一樣坎坷平凡，為了扭轉自己的命勢，決心在此生輪迴中，幹出驚天動地的大事，讓自己的人生可以掀起些許波瀾，不再平凡。

石婇楓

方正特別行動小組的一組組長。擁有邪性的美，可以讓沒有陰陽眼的人意亂情迷。也因為這樣的美，為她的人生帶來許多的困擾，所以在一般時候總是將自己包得密不透風。做事認真，個性內向，也因為長相之故，常常招致同性厭惡。

鄭棠火

方正特別行動小組的三組組長。因為曾經被母親施法的關係，身體的陽氣沒有辦法阻止鬼魂的入侵，導致有許多鬼魂居住在他的體內。在一般人的眼中，他就像是有多重人格的頭痛人物，但是受到了方正的信任，因此就任為第三特別行動小組組長，與阿山從警校就是摯友，感情非常要好，只有阿山，才能分辨這些居住在他體內的靈體。

莊健山

方正特別行動小組的四組組長。有陰陽眼，從小就成長在充滿迷信的家庭。有點吊兒郎當的個性，又有一堆奇怪的推論，常常讓方正與佳萱不知道該怎麼跟他溝通。邏輯與其他人不同，有屬於自己的一套邏輯。

楔子

天空是一片灰暗，街道冷冷清清。

一切都彷彿在為一場悲劇醞釀情緒，懶洋洋地等待開始。

借婆，這個左右所有人世間因果的黃泉界大人物，就拄著八卦杖站在遠處的一棟大樓頂端。

而與借婆相對的另一棟大樓，有個女人也正站在大樓之頂。

借婆的那雙眼睛，靜靜地凝視著女人。

對陽世間的人來說，他們只看到了一個女人失魂落魄地站在屋頂。

但是，在借婆眼中，她卻看到了在那女人的身邊，聚集了一堆鬼魂。

他們緊緊貼著女人，爭相用手抓著那女人，其中兩三個鬼魂湊在她耳邊，彷彿說著悄悄話般緊貼女人。

這些鬼魂正一步步帶領女人走向死亡。

他們將她朝邊緣帶去，眼看就快要到牆邊了。

借婆嘆了一口氣。

對她來說，生與死，沒有什麼界線，有的只有無盡的輪迴。

對女人來說，這是生命的終點。

對借婆來說，這又是一條因果線的開始，或者應該說，這也不過是另外一條因果線的延伸。

人世間的一切，就好像蜘蛛網般交錯複雜，這條因果線與無數條因果線彼此交叉糾結。理清這些線是件苦差事，也是借婆之所以能夠成為黃泉三婆之首，就連旬婆都敬她三分的原因。

或許，對不知因果輪迴的人來說，這女人是無辜的，但在借婆眼中，沒有什麼人是真正「無辜」的。

人生就是由許多不同的選擇堆積而成，在一次次的抉擇之中，我們種下了因，這個抉擇同時也可能是某個因造出來的果。

女人所在的大樓，是一棟相當氣派的高聳大樓。

整棟大樓都屬於一家知名企業所有，該企業所有部門均設於此處，理所當然，女人也是這個企業的員工。

借婆低下頭，望向樓底，只見整棟大樓已被大大小小的鬼魂團團圍住。

只要女子這一躍，相信包圍著這棟大樓的鬼魂，又會多了一個吧！

就在借婆這麼想的同時，女人已被推到邊緣。

女人不假思索地跨出牆緣，雙腳一離地，便隨引力直墜而下。

就在女子躍下去的同時，原本包圍著她的鬼魂全都散了開來。

女子在空中瞬間回過神來，看著不斷接近的地面，驚聲尖叫。

所有的路人都被這淒厲的尖叫聲吸引，紛紛抬起頭來，一看卻都神色大變。

女子彷彿子彈般射中地面，像破掉的水球般爆濺出血花。

尖叫聲此起彼落，時光彷彿靜止似的，所有人都愣在原地。

就在人們還沒回過神之際，一陣玻璃破碎的聲音從空中傳來，呼的一聲，幾乎在同一地點，另外一團黑影直直擊中女子已經支離破碎的屍體。

當所有人再度回過神，定睛一看才發現這團黑影的真面目。

一名男子直接撞破大樓十九樓的窗玻璃，跳了下來。

一男一女兩具屍體跌在一起，好像被人丟棄的兩具玩偶般，相疊在一塊。

借婆緩緩閉上了眼。

這是一條漫長的因果線，而這些因果線，說穿了，都是借婆她自己的。

現在命運的巨輪又開始轉動，距離一切的終點，也越來越近了。

第1章・飛頭鬼火

1

方正特別行動小組。

這個由白方正所率領的特別行動小組，直屬於署長之下。

大約三年多前，一個默默無聞的小警員，以一己之力破了張樹清警官謀殺案之後，開始了他傳奇的故事。

其實這一切，都是因為他認識了在黃泉界被稱為「黃泉委託人」的謝任凡，才開始了這段傳說。

自從方正從任凡手上拿到神奇的法寶「靈晶」之後，人生就此丕變。

只要將這個法寶滴入眼睛之中，就可以讓方正這種沒有陰陽眼的人看得見鬼。

而身為警察的方正，因為這個優勢，可以直接從被害人口中得知事件始末，自然成了破案高手。

方正也因此獲得重用，成為炙手可熱的高階警官。

為了方便方正辦案，上層決定成立方正特別行動小組，直屬於署長，並且支援台灣各地的分局。

在特別小組屢破奇案之後，上層決定擴編方正特別行動小組，並且給予方正任意挑選組員的權力，於是方正便網羅了警界中所有擁有陰陽眼的警員。

在擴編大會上，身為特別行動小組大家長的白方正，上台致詞。

包括了在日後被警界稱為方正特別行動小組的「風、林、火、山」四天王，當時都在台下，只是那時的他們，還不是分組之後的組長。

莊健山當時還是一個被派駐在鄉下的小警員，當方正選中他的時候，其他員警說這是阿山萬般不幸的人生中，所發生過最幸運的事情。

石娫楓當時正準備離開警界，在方正的勸說下，才轉到了方正特別行動小組。她很快就發現，自己從小被詛咒的美貌，對那些同樣具有陰陽眼的同僚們，沒有特別的效果，所以此刻的楓，穿著跟別人一樣的制服，站在台下聆聽方正的演說。雖然這對其他人來說可能沒什麼，卻是她人生有史以來第一次，在這麼多人面前，不需要包得像木乃伊一樣。

在方正所挑選的組員之中，最讓所有人跌破眼鏡的，應該要算是鄭棠火了。他因為體質的關係，有大量靈魂居住在體內，在一般人眼中就像嚴重人格分裂的精神病患，所以在加入特別行動小組之前，已經被列為問題人物，隨時都有可能被趕出警隊。

但是在阿山的引薦下，方正將阿火納入小隊，為此高層還特別找方正談過，希望可以打消他的念頭，但在方正的堅持下，阿火最後也順利加入了特別行動小組。

方正特別行動小組成員之中，不同於其他三個人，最被人熟知，也最被接受的人，或許就屬嚴紓琳了。

在警界有「背後琳」之稱的她，辦案的執著連其他同仁也覺得不寒而慄。

為了一個僅偷了一只錢包的小偷，她可以日夜跟監。

在小琳的觀念裡，這小偷沒有正當工作，要想生活下去勢必會再行竊，就算無法在這次的竊盜案裡面找到足夠證據將他定罪，至少也要保證不會再有其他受害者。

所以她日夜跟監那小偷，就連他到公廁上廁所，小琳也在廁所門口等著，出來沒有洗手還會用犀利的眼神瞪他。

果然過不了幾個月，那個小偷不但沒有機會再犯案，就連其他同路人也跟他斷絕聯絡，因為大家都知道他被警方盯上了。

在走投無路的情況之下，小偷只好乖乖認罪，起碼監獄餓不死人，更可以永遠擺脫小琳這個比背後靈還可怕的警察。

為了打撈一具被害人的屍體，小琳也曾經泡在淡水河裡三天；為了找尋一把凶器，她更理所當然地跳入化糞池裡……

這樣的執著為小琳帶來了兩極的評價，有些人認為她太愛表現，卻也有些人很讚賞她這樣的行為。

不過，不管是怎麼樣的評價，小琳在警界這條路上，走得也算是轟轟烈烈。

所以當方正選上她的時候，不少人還認為理所當然。

但是，小琳的苦，也只有她自己知道。

她從小就擁有陰陽眼，加之父親被財團害死，排山倒海而來的種種不幸，才打造了她嫉惡如仇的個性。

對於被選入方正特別行動小組，小琳是感到萬分榮幸的。

當小組成立時，特別行動小組的大家長方正，在台上激勵剛加入特別行動小組的成員們時說出：「相信各位在原本單位時，或多或少都會因為特殊體質的關係，遭遇到一些不愉快的事情。但是請各位放心，在這裡，大家都是一樣的，所以各位不用擔心受到歧視，大家都是一家人。」時，台下所有組員，都深深為這番話感動，小琳心中更是一片熱血沸騰。

她作夢也想不到，原來陰陽眼也可以在一切只講究證據的警界發揮功用，為自己帶來幫助。

這是小琳先前從來沒有想過的。

父親過世之後，小琳曾多次看到父親回來探望親人的景象。

每次只要小琳告訴母親，自己又看到父親回來時，雖然不至於惹來痛罵，但母親那心痛欲絕的表情，一直深深烙印在小琳心中。

在那之後，小琳就再也不曾告訴任何人，自己擁有陰陽眼這件事情。

但是，不說不代表不存在。

小琳加入警隊之後，不可避免的常在辦案時遇到被害人的靈魂，就算對案情有幫忙，她也總是敬而遠之。

人鬼殊途，這是小琳在成長的路上，建立起來的價值觀。

然而方正這一席話，徹底顛覆了她的想法。

「人跟鬼沒有什麼兩樣，」方正在台上說道：「各位更不需要為了自己的特殊體質覺得自卑，因為我就曾經看過，有人不只能跟鬼打交道，更受到鬼魂的景仰。只要善用自己的優勢，你們也可以做到那樣的境地，必然能比別人找到更多線索，為正義付出更多心力。這就是我們方正特別行動小組，與其他小組不同的地方。」

聽到方正這麼說，小琳忍不住渾身顫抖了起來，不是因為恐懼，而是因為感動。

於是，小琳下定決心，要跟方正一樣，善用自己的力量，成為更傑出的警員。

「所以各位就大膽地用你們最熟悉的方法辦案吧，只要用心，無論發生什麼狀況，我都會站在你們這邊，為各位承擔一切後果。」方正說的，正是當年張樹清曾經對他說過的話。

聽到這裡，小琳的眼眶早已濕成一片，落下兩行淚來。

過去，小琳遇過的上司，從來沒有哪個人挺過小琳，倒是有不少人嫌棄小琳，一有黑鍋就要她揹。

士為知己者死，如果可以的話，小琳希望可以永遠跟著方正，為方正衝鋒陷陣。

2

任凡的離開，讓黃泉界頓時失去一股平衡的力量。

各地出現許多讓人大惑不解、匪夷所思的案件，因此，方正特別行動小組支援的案件，也與日俱增。

為了因應這些排山倒海而來的離奇事故，在方正特別行動小組成立約莫一年後，方正決定分出四個小組。

小琳不改個性，依然辦案認真，全力以赴，因而立下不少功勞，被方正任命為第二特別行動小組的組長。

在任命那天，方正特別將小琳叫到辦公室。

「小琳，我決定升妳為第二行動小組組長。」方正對小琳說：「我一向很欣賞妳辦案時的衝勁，但是……」

方正突然皺起眉頭，一臉擔憂地對小琳說：「但還是有點不放心妳，我知道這些話妳可能已經聽過很多次，但身為上司，我不得不跟妳說，有些事情，還是不要太過於執著才好。」

類似這樣的話，小琳已經不知道聽過多少次了，只能苦笑以對，並點點頭。

「不要忘了，」方正說：「妳現在是組長了，有許多組員跟著妳，妳是他們的上司，切莫一頭栽進案件，只顧著抓犯人，也要為其他組員想一下，才能發揮組織的力量。」

小琳用力點頭說道：「我會的，我會像大隊長一樣，在隊員需要我的時候，全力支持他們。」

毫無疑問，小琳的確是方正手下最熱血的一員，但就是這樣的熱血，讓方正暗暗擔心，她可能會衝過頭。

雖然在此刻，不管方正交代什麼，小琳都承諾會盡全力，毫無虛偽；但他也深深了解小琳的個性，她嫉惡如仇，只要有案件到手上，不到完全破案，她是不會輕易放棄的。

這也是方正最掛心的。

他害怕終究會有一個案件，像沙漠中的流沙一樣，吞沒小琳，讓她永遠爬不出來。

看著她離去的背影，方正衷心祈禱，這樣宛如流沙般的案件，永遠不會出現在小琳的生命中。

3

時至今日，方正特別行動小組也已經上了軌道。

由於跟一般組織單位不同，這個以支援為主的特殊單位，就好像特勤小組一般，只有遇到案件才會出動。

所以沒有什麼例行公事，只有遇到案件交付的時候，方正才會召開會議。

但就如之前提及的，黃泉界勢力失衡，導致光怪陸離的案件暴增，每日一會幾乎快要成為小組的例行公事了。

今天，特別行動小組又接手兩樁案件，方正也按照慣例召集所有手上沒有案件的組長開會，準備分發任務。

會議一開始，阿山立刻向方正報告其他組長的去向。

很難得，平常都只有一兩個組長現身的會議，這次卻僅有一個組長未能出席。

而那個缺席的組長，正是已經好幾個月不見的小琳。

「小琳那組還是老樣子，繼續調查飛頭鬼火案，其他全員到齊。」

阿山講得輕鬆，方正卻聽得眉頭深鎖。

雖然小琳辦案一拖就是好幾個月並不罕見，但數個月不見蹤影實屬異常。

「小琳那邊遇到什麼困難嗎？」方正皺著眉頭問道：「你們有人知道嗎？」

阿火、阿山與楓三人紛紛搖了搖頭。

方正看了看佳萱，露出擔憂之色。

方正沉吟了一陣，對阿山說：「你去看看外面有沒有小琳的組員，有的話叫他們準備一下，跟我報告目前的進度。至於另外兩個案件，阿火，你去支援屏東分局的幽靈船；楓，另外一個雙河分屍案就交給妳了，詳細資料我請阿山備好。」

方正分別將兩個案件交給兩人。

屏東分局的幽靈船案，是一艘明明在兩年前已經沉沒的船隻，竟然離奇回港了，船上的船員也毫髮無傷，原本以為是一場烏龍，但那些返家船員們的家人，過了幾天之後卻紛紛向警局報案，表明回來的那個，並不是自己的親人。

而楓被分配到的雙河分屍案是一起離奇的分屍案，被害者被人分屍之後，屍塊分別被投入了台北的淡水河與高雄的愛河之中，這兩條河一條在北，一條在南，因為案件中還有許多難以理解的疑點，才特別向方正特別行動小組尋求支援。

阿火與楓兩人拿到資料之後，離開了會議室，各自跟自己小組的組員開會，準備開始行動。

整個會議室只剩下方正與佳萱。

這些日子以來，佳萱一直像方正特別行動小組的大家長般，照顧著這些組員。

佳萱非常清楚方正在擔憂什麼。

過了一會，在阿山引領下，兩名小琳的組員，一臉怯懦地走了進來。

方正立刻向兩人詢問小琳的行蹤。

兩個組員面面相覷，過了一會之後，其中一個才一臉為難地說：「報告大隊長，我們……我們也不知道組長在哪裡。大概在一個多月前，所有人就跟組長失聯了。」

話才說完，兩人立刻低下頭，一臉準備挨罵的表情。

「你們不覺得早就該跟我報告這個狀況了嗎？」方正一臉不悅地說。

「算了，責備他們也沒用，」一旁邊的佳萱說道：「小琳個性就是這樣，常常為了跟監，一個月都不見人影，手機也不開。」

聽到佳萱這麼說，方正也覺得的確如此。

現在責備任何人都於事無補。

方正考慮了一下，然後對兩個組員說：「你們去集合所有組員，準備一下，備齊這次案件所有資料，半小時後，完整地向我報告案件的始末與進度。」

4

飛頭鬼火案。

這個案件比較特別的地方，在於它並不是單一案件。

大約在一年以前，一個住在新竹的老婦人到警局報案。

她邊哭邊說，自己自殺過世的女兒，竟在頭七那天，變成了一顆飛頭回來。

老婦人深覺女兒必然有冤屈，想要問，那顆頭卻什麼也沒有說，就朝外面飛了出去。

老婦人追出去，卻不料追著追著，竟然眼睜睜看到自己女兒的頭顱變成了一團鬼火，消失在暗夜之中。

淳樸的老婦人認為女兒一定是蒙上了不白之冤，所以衝到警局，希望警方可以調查女兒自殺的真正原因。

老婦人堅持自己不是作夢，即使是夢，也一定是女兒有什麼事想告訴她，警方拗不過，只好重新調查，卻發現她女兒的死一點疑點也沒有，就是單純的自殺案件。

老婦人雖不服氣，卻也找不到新事證來推翻自殺的事實，只好不了了之。

但在那之後，類似這樣看到自己過世的親人在頭七那天變成一顆飛頭回來，最後像鬼火一樣消失的案件，接二連三在各地發生。

方正特別行動小組陸陸續續接到各地警局移來的類似案件，高層便通知國內所有分局，將所有類似案件彙整之後通報上來，結果發現案件中自殺身亡的諸多死者，全都任職於同一個企業。

方正指派小琳負責這起案件。

問題在於該公司是國內相當知名的集團，政商關係十分良好，想要深入企業內進行調查並不容易，所以方正指派了雖然容易衝動，但辦起案來非常認真的小琳負責。

小琳領著組員，開始對這些死者進行調查，發現除了少數一兩個死者死因不明外，大部分都有非常確切的證詞或證據，顯示這些人是自殺身亡。

既然如此，又為何會在頭七時，化為飛頭找自己的親人哭訴呢？

同一企業之中突然有那麼多人自殺實屬異常，於是小琳開始朝著企業內部狀況進行調查，可是該集團因為擁有很多分公司，自殺者彼此之間在公私兩方均無關聯，所以小琳的調查可以說是一無所獲。

就在小琳完全得不到線索，正苦惱著該如何進行的時候，該集團又再度出現了自殺身亡的員工。

這次自殺的是一名女性員工，任職於集團中下游分公司會計部。

小琳帶著組員，徹夜守在死者家屬身邊，終於在頭七那天，親眼目睹了飛頭回來探親的情況。

那天下著小雨，一開始大家還以為是外面忽大忽小的雨聲。

後來發現竟是死者頭顱的啜泣聲時，大家都被嚇傻了。

小琳是唯一還保有理智的人，立刻要手下去查看死者的屍體，確定頭顱是否安好。

另一方面，她也試圖跟那個頭顱對話，可是那飛頭的意識似乎不是很清楚。

「我的身體不見了，好痛苦喔。」飛頭喃喃自語道。

「為什麼？是誰拿走了妳的身體？」小琳問。

那顆飛頭左右搖擺了一下說道：「這裡好黑，我好怕喔。」飛頭看著那個已經被嚇傻、癱軟在地上的婦人，哭泣著說：「媽，我不要死。」

「是誰殺死妳的？」聽到飛頭這麼說，小琳向前激動地問：「妳有什麼冤屈？」

飛頭好像沒有聽到小琳的話，將視線從自己母親身上移開之後，緩緩轉了過去，只留下一句話：「我該走了。」

話才剛說完，果真和先前案件描述的一樣，飛頭就這麼飛走了。

小琳等人見狀，立刻衝出去追那顆飛頭。

所幸飛頭的速度並不快，小琳一直將飛頭鎖定在自己的視線範圍內。

差不多追了五分鐘左右，只見那顆飛頭發出痛苦的哀號聲，竟然真的開始燃燒起來，遠看就像是一團鬼火。

等到小琳率人追上時，飛頭已經燃燒殆盡，消失在黑夜之中。

一切就和其他報案的情況如出一轍。

小琳回到靈堂，發現屍體的頭顱還安好，當晚事情暫告一段落。

經過了那一夜，小琳更加確信這一切一定有不為人知的隱情。

為了更加深入調查該集團，小琳帶著組員準備前往他們位於台北精華地段的大樓，也是企業的核心本部，整棟大樓全屬該企業集團所有。

不料才到門外，就撞見讓小琳以及其他組員驚訝不已的畫面。

擁有陰陽眼的方正特別行動小組成員們，看到了一棟被鬼魂團團包圍的大樓，不只一樓，就連其他樓層也都有鬼魂緊緊貼著。

這樣的景象讓小琳與其他組員想到了一個小時候做的實驗，就是用磁鐵吸取鐵砂的景象。只見眾鬼魂彷彿被磁鐵吸附的鐵砂般，攀附在大樓這塊磁鐵之上，遠遠看來簡直就像個人肉……不，鬼體大樓。

問題就在於這個企業在台灣擁有非常良好的政商關係，成立以來形象一向正派，實在很難想像為什麼會有這樣的景象。

經過考慮之後，小琳決定先徹查在總公司大樓上班的員工，畢竟這些鬼魂會在這裡群聚，肯定有其道理。

另外一方面，小琳也開始懷疑起這個集團是否暗中從事不法勾當。

經過調查，集團本身曾發生一些具爭議事端，卻無法與這些鬼魂有所連結。

唯一的收穫是，徹查過後企業中幾個具有強烈宗教背景與信仰的人，逐漸浮出了檯面。

打從一開始，小琳就將這個不正常的鬼魂糾集現象，鎖定在宗教與邪術方向。

因此當這些嫌疑人等出現的時候，小琳立刻下令展開清查與跟監。

小琳自己也選定了在集團本部擔任副總經理的張本皇。

這可算是小琳最家常便飯的工作，她深信只要一直跟著嫌犯，總會找到蛛絲馬跡。

之所以懷疑張本皇，是因為他的名字曾經在過去幾起弊案之中出現過，另外，在三年多前，他還只是一個分公司小職員，想不到短短三年之內，一而再、再而三受到提拔，竟一路攀升到本部的副總經理職位。

不得不讓人懷疑。

尤其小琳曾經過這棟大樓，以前並未看到眼前這般景象，因而可以肯定的是，這棟大樓會像現在這樣被鬼魂團團包圍，是最近幾年的事情。

這正巧與張本皇受到拔擢、升官調職到本部的時間差不多，所以小琳很快就鎖定了張本皇。

果然在跟監一個多月之後，小琳逐漸掌握了張本皇的一些可疑舉動。

她發現張本皇每隔一個禮拜，就會去拜訪一個道教的法師。

小琳也對那法師進行了調查，發現他跟多起詐欺案有關，而從業界其他法師打探來的消息，也大概知道這個法師的行徑頗多爭議，不是個正派的人物。

得到這些情報之後，再加上對先前弊案的質疑，小琳決定將張本皇請到方正特別行動小組問話，在楓或阿火的協助下，想必會有收穫。

沒想到小琳正準備帶張本皇回小組時，他卻離奇身亡了。

由於事情太過巧合，雖然已確定過屍體身分，證實的確是張本皇本人無誤，但小琳並不願放棄，仍然與小組成員守在張本皇家中等待動靜。

想不到在頭七那一天，張本皇跟其他人一樣，竟然以飛頭之姿，回到自己家中。

張本皇沒有說話，可是臉上寫滿不甘心與無法置信。

即使變成飛頭，小琳也沒有放過偵訊他的機會。

想不到還沒開口詢問，張本皇的頭顱就飛了出去。

小琳與隊員們也跟著追出去，這次張本皇的飛頭並沒有跟其他飛頭一樣，變成一團鬼火。

雙方在月黑風高的夜裡，進行了一場驚心動魄的追逐。

如果有任何路過的人看到這一整隊人馬追趕一顆飛行頭顱，相信一定會被這樣的景象嚇到屁滾尿流。

雖然飛頭飛得不快，但與眾人一直保持著一定距離，於是體力不支的隊員，一個接著一個從追逐的行列中敗退，到最後只剩下小琳一人還緊追不捨。

隊員們也是在這裡與小琳走散，失去聯絡。

後來副組長雖接過一通小琳的電話，得知小琳最後還是追丟了飛頭，不過大概還有個方向，因此她決定繼續追下去。

熟諳小琳個性的副組長，知道小琳不找到那顆飛頭絕對不會罷休，阻止一向無效，只好讓小琳力拚下去，其他人則靜待她的消息。

但這卻成了眾組員跟小琳的最後一次聯絡，一個多月以來，不管組員如何試圖與組長聯絡，卻都無法取得聯繫。

手機不通，小琳也沒有回到住所或行動小組辦公室的跡象，更沒有人在路上見過她。

聽完小琳組員的報告之後，看到眼前堆積如山的資料，方正不禁苦笑。

這樣認真的態度，果然是小琳的個性。

想不到在這短短半年之內，小琳不但整理出該企業完整資料，還把幾起相關弊案及可疑案件一併整理出來，要組員將這些交給承辦單位。

其中幾件弊案根本已經被小琳蒐集到鐵證如山的地步了，只是礙於權限，小琳無法直接辦案，如今僅能轉交給相關單位承辦。

雖然跟飛頭案無關，但小琳做事向來一板一眼，小案件都會用最認真的心情去面對，這是她的優點，當然也是最大的缺點，就好像現在辦案辦到失蹤一樣。

方正看了看佳萱，對方正特別行動小組而言，如果方正是父親，那麼佳萱就等於是這個團隊的母親。

「當務之急應該先找到小琳。」佳萱給了方正這個建議。

方正同意地點了點頭。

5

就在方正等人聆聽小琳麾下組員報告同時，一輛黑色的公務車朝著方正特別行動小組而來。

車上坐著一位警界高層的大人物——雷賀。

以官位來說，在整個警界裡面，他可以算是一人之下、萬人之上的大人物。

原本只差一步，就可以成為警界最高層的他，就差那麼一步登不了天。

三年多前，一起連續學童擄人案，連現任議員的兒子都成了受害者，加以音訊全無，本足以撼動當時署長地位，卻萬萬想不到因為方正之故，短短一天就全數找回失蹤學童。

這不但保住了署長的官位，也讓雷賀的署長夢因之破滅。

在這之後，署長擴大了方正特別行動小組的編制，並在台灣各地屢破奇案，不但提升了署長的聲望，更讓台灣的警譽深獲好評。

這讓雷賀感覺自己離那個大位越來越遠了。

於是，他有了一個領悟，只要方正特別行動小組還存在一天，他的署長夢就永遠不會實現。

這就是為什麼，當初高層召開擴編會議時，即使所有人一面倒贊成方正特別行動小組擴編，卻只有他反對。

雖然沒有能力阻止方正特別行動小組擴編，但是後來看到方正所遴選的人，讓他心中又燃起了一線希望。

裡面不乏鄭棠火與嚴紓琳這些充滿爭議、可能會為方正惹上麻煩的人物。

他決定先靜觀其變、守株待兔，他相信這些人終有一天會扯方正的後腿，屆時他就可以名正言順解散方正特別行動小組了。

經過漫長的等待，今天終於是雷賀行動的日子了。

因為正如他所預料的，嚴紓琳太過衝動與極端的辦案方法，最近引起國內一個舉足輕重的集團不滿，已正式發函向內政部以及監察院投訴。

這會是個擊潰方正特別行動小組的好機會。

就好像飢腸轆轆的惡狼一樣，他聽到了這個消息，立刻開始行動。

這時，已經成為警界聖地的建築大樓出現在雷賀座車窗外。

這裡是方正特別行動小組本部，在這一年多的時間裡面，已經成為許多警員心目中的聖地。

但在雷賀的眼中，這裡卻是一個阻礙他往上爬的絆腳石。

現在他打算站上第一線，親眼看著阻礙他的白方正，被人逼到走投無路的窘境。

會議室的大門被雷賀兩名手下毫不客氣地推開。

方正與小琳的組員們正在裡面，就小琳的行蹤進行討論。

連通報都來不及的兩個組員，趕在雷賀後面跑了進來。

方正一眼就認出了副署長雷賀。

雖然副署長的地位遠在方正之上，但就勤務方面來說，方正直屬於署長，不需要對副署長雷賀低聲下氣。

但方正仍然站了起來，對雷賀恭敬地行了個禮。

「副署長。」方正微微彎腰，禮貌問道：「有急事？」

雷賀並未直接回答方正，反倒盯著牆上投影的資料，那正是他此行高舉的理由，也正是那椿小琳被知名企業投訴的案件，思及至此，他不禁微微一笑。

「看樣子消息傳得挺快的，你已經知道自己闖了禍嘛！」雷賀冷笑說道：「你還記不記得我在成立特別行動小組之前說過什麼？」

方正雖然一時之間聽不懂副署長前面那句話的意思，但第二句話的景象卻立時浮現眼前。還記得當時雷副署長非常反對這個行動小組，在一次單獨會面的機會裡，雷賀用右手指著自己的眼睛告訴方正，他會盯著方正，要他小心一點。

「記得。」方正點了點頭說。

「當時擴編的時候，不要說大家沒有警告過你，我個人就特別告訴你了，絕對要好好約束你的手下，」雷賀指著簡報說：「現在內政部與監察院都收到投訴，檢舉你的手下嚴紓琳辦案不當，現在上面要你停止一切動作，並且靜待調查。」

聽到雷賀這麼說，在場所有人都噤若寒蟬。

方正緊皺眉頭，不發一語。

雷賀抬著頭，一臉傲慢地對方正說：「你不要真把自己當成救世主了，我可以告訴你，警界是不需要傳奇與英雄的。你自己看看，有誰記得當年辦案比你還神奇的一夜神探馬道丞啊？」

一夜神探是在方正之前的一個警界傳奇，相傳不管多麼複雜難解的案件，只要交到他手中，讓他回家想一晚，第二天就能夠順利破案，因此被人稱之為「一夜神探」。

然而他活躍了幾年之後，卻因為一起凶殺案，最後導致身心嚴重受創，離開了警界，據說現在正在某間療養院接受治療。

「你可別怪我多嘴，只是我看啊，如果你還真把自己當成了救世主，遲早下場會比那個一夜神探馬道丞還要慘。別怪我沒提醒你喔！」雷賀裝得一副語重心長地說。

方正原本對副署長的敬意，這時候也已經蕩然無存了，雖然仍舊沉默不語，但是眼神中流露出來的，是一股濃濃的敵意。

「我是不知道你是用什麼不入流的方法來辦案，但這一切即將過去，你不要妄想我們會挺你，一旦監察院要介入調查，」雷賀聳了聳肩說：「我們就會把你交給監察院調查，到時方正特別行動小組也會解散，你們做好心理準備吧！」

雷賀看了看四周，然後冷冷地哼了一聲。

「等到上面正式宣布解散的時候，你們要把這棟大樓給我打掃乾淨，一小群人竟然需要那麼大的大樓，真是浪費人民公帑。」雷賀一臉不屑地說。

6

副署長離開之後，方正一個人坐在那裡，沉默不語。

方正覺得好笑。

原來這個世界，就是這樣慢慢步向滅亡的嗎？

在認識任凡之前，他或許還能尊敬副署長，也一定會認為這是自己的過失。

但在認識任凡之後，他的眼界變得開闊了，不管人還是鬼，總有自己執著之處。

對副署長來說，最執著的就是能不能成為署長。

正因如此，方正才成了他的眼中釘，那欲除之而後快的厭惡簡直就是司馬昭之心，就連其他高層都曾經提醒過方正，千萬不要得罪這位處處想要找麻煩的副署長。

只是想到這裡，方正就覺得好笑。

如果副署長知道了方正的秘密，就知道自己目前的小人嘴臉都是無謂。

方正從口袋中掏出一個小小的瓶子，裡面裝著只剩下半罐不到，隱約散發出綠光的液體。

這個小小的瓶子就好像沙漏一樣，倒數著方正可以繼續如今日這般辦案的時間。

一旦瓶內液體耗盡，方正風光的警界時光，也會跟著畫下句點。

或許，副署長認為方正特別行動小組是個不經破壞不會瓦解的組織，但方正很清楚，自己是有期限的，而這個期限越來越接近了。

等到這個瓶子裡面的靈晶耗盡，自己就會失去與鬼魂溝通的能力，變回過去的方正，而他本不戀棧這個位置。

他只希望在期限抵達之前，可以找到一個可靠的人，將這個小組託付出去。

至於自己接下來會如何，方正沒想那麼多，或許這是他從任凡身上學到的豁達吧！

正所謂近朱者赤、近墨者黑，方正也非常驚訝這些發生在自己身上的變化。

過去的自己，不可能這樣隨心所欲，這也是他當警察的原因之一。

因為工作穩定，未來也很穩定。

就像自己名字，方正對自己的未來規劃也很方正，他不可能去從事那些有一餐、沒一餐的工作，更不可能拿自己的未來做賭注，去從事任何高風險工作。

現在的自己竟一點也不考慮，在離開方正特別行動小組之後，接下來該如何度過。

方正的沉默，讓整個會議室的氣氛更加凝重。

雖然與方正合作已久，但類似這樣的場面，佳萱也不知道自己還能說些什麼。

另外一方面，小琳的組員看到方正沉默不語，更是自責不已。

畢竟再怎麼說，也是因為自己這一組惹出的問題，副組長只能領著大家向方正低頭道歉。

「對不起，」第二小組副組長帶頭說：「給大家帶來這樣的困擾，真是抱歉。」

副組長的道歉聲，將方正拉回了現實，他緩緩抬起頭，看著小琳整組組員全都低下了頭。

「你們啊，」方正皺著眉頭，略顯不悅地說：「難道以為我只是說說場面話嗎？」

「啊？」聽到方正這麼說，不只副組長一臉訝異，就連其他組員也面面相覷。

方正搖了搖頭苦笑道：「你們忘記成立大會上我對你們說了什麼嗎？我說過，你們就放心地去辦案。不管發生什麼，我都會站在你們這邊，你們以為我隨便說說的而已嗎？」

副組長聽了，用力地搖搖頭。

「剛剛關於副署長的事情，你們就當沒發生過。就像佳萱剛剛說的一樣，目前的當務之急是先找到小琳。」方正堅定地說：「你們現在開始跟著我一起行動，在本部隨時等我指示。」

「是。」

「阿山，」方正轉過頭對阿山說：「你們那組也是，你負責通知楓跟阿火，一旦完成工作，就立刻回本部支援。」

「好！」

「首先，我們一定要先找到小琳，然後我們全組人馬，一起協助小琳，盡快完成這起案件。」

「是！」在場的人異口同聲答道。

第 2 章・身陷危機

1

小琳緩緩張開雙眼，眼前卻仍然是一片昏暗。

這裡是什麼地方？

彷彿身處沒有月光的暗夜之中，不要說辨識了，就連想要看清楚周圍的環境都有難度。

小琳用手摸索了一下附近地板，手心感覺到水泥地的冰冷感。

後腦傳來的刺痛感，刺激了小琳的意識，讓她慢慢甦醒。

還記得自己好不容易重新追上張本皇的飛頭，就要抓到它時，卻突然被人從背面偷襲，打中後腦勺暈了過去，醒來後就在這個幾近黑暗的地方。

到底是什麼人暗算自己的？

小琳完全沒有頭緒。

畢竟，在此刻之前，她一直認為張本皇就算不是凶手，也肯定是案件的關鍵人。

她調查過這集團最近這幾年來的人事變動，創辦人已不再管事，主要掌握該組織的人，是創辦人的大兒子，但創辦人仍在世，很多人事調度，也就相對的非常傳統。

當然，除了張本皇之外。

他可算是異軍突起，竟能在這個重視傳統的企業中，打破許多舊規矩，一路升到今天的地位。

張本皇的猝死似乎也說明了，就算他不是幕後的黑手，也很可能是少數知道企業內幕的人。

所以真正的黑手才會在小琳將他逮捕歸案之前，先滅他的口。

也因此，真正的問題現在才出現。

如果張本皇不是真正的幕後黑手，那麼到底會是誰？

小琳緩緩從地上撐坐起來。

不管是誰，當務之急是先搞清楚這裡到底是什麼地方，然後從此處逃出去。

小琳摸了摸身體，從手上的觸覺來判斷，自己應該還是身著被人襲擊時所穿的衣物。

既然如此，那麼她記得在鞋子後面，應該藏有一把瑞士刀。

印象中那把瑞士刀附有一個小燈泡，起碼可以充作照明，好看清楚環境。

小琳蹲下身去，在視線不明的情況下摸索著那把瑞士刀。

黑暗之中，一個身影從後面緩緩接近她，專心尋找瑞士刀的小琳完全沒有察覺。

就在小琳好不容易摸到那把瑞士刀的同時，從後面靠過來的黑影，伸出了他的手，抓住小琳的肩膀。

這一抓來得又急又快，毫無準備的小琳也被嚇了一大跳，雖然身處黑暗之中，訓練有素的小琳卻完全沒有驚慌失措。

她非但沒有揮開那隻抓住自己肩膀的手，反而用左手將他牢牢壓在自己肩膀上，順勢低頭繞過對方手臂，轉身以肘擊對方胸口。

在對方發出聲音同時，小琳已經抓住衣領，給了他一記結結實實的過肩摔。

「哎唷，我的媽啊！」

對方在空中大叫，接著便被重重摔在水泥地上。

那黑影的聲音可以明顯辨識出來者是個男子，但從他被摔在地板後發出的痛苦哀號，則可猜出絕非什麼凶狠之徒。

這時小琳已經找到自己隨身攜帶的瑞士刀，打開了附在前端的小燈泡，將微弱的燈光打在男子臉上。

「我的媽啊，」那男人痛得在地上打滾：「你是摔角手嗎？只是碰一下肩膀，有必要這樣把人過肩摔嗎？哎唷喂呀，真是暴力。」

雖然過肩摔應該是柔道常見的技能，但小琳並不想，也沒有那個閒情逸致吐槽一個是敵是友都還不明朗的人。

小琳細細地打量著男子。

男子有著一張稚氣未脫的臉孔，看上去應該有二十多歲。

即使被困在這種地方，男子那一頭精心整理過的頭髮，依然看得出造型。

不過最重要的是，小琳完全沒看過眼前這個男子，與他之間應該沒什麼關係才是，為什麼會和他一起被囚禁在這個地方？

男子一隻手撫著自己屁股，另一隻手則擋在自己眼睛前，遮著小琳毫不客氣照過來的燈光說道：「還真是個粗魯的傢伙。」

「你是什麼人？」小琳問道。

這人似乎沒想到把自己過肩摔的是個女人，聽到小琳的聲音時微微愣了一下。

「是個女孩子啊，」男子全然不理會小琳的問題，緩緩站起身來無奈說道：「既然是女孩子就應該要有女孩子的樣子，別這樣動手動腳的，還好我剛剛沒有還手，不然妳受傷可就不好了。」

小琳冷笑了一聲。

畢竟剛剛在黑暗之中，這男人被摔出去的時候，壓根不知道自己是女孩子，如果能夠反抗，他早就反抗了，這話怎麼聽都覺得是為了掩飾自己被一個女孩子過肩摔的窘樣。

「你到底是什麼人？」小琳厲聲問道。

小琳的聲音立刻在這類似浴室的密閉空間產生了回響。

「我叫……」男子猶豫了一會說：「妳叫我小柏就可以了。」

小琳聽到那自稱小柏的男子這麼說，立刻在腦海裡面搜尋著最近經手的檔案裡，有沒有任何嫌犯名字裡有個柏字的。

「妳呢？」小柏挑著眉說：「又該怎麼稱呼妳啊？」

小琳白了小柏一眼說：「我叫嚴紓琳。」

小柏聽了之後，張嘴正想要說話，突然一個聲音打斷了兩人的對話。

「你們兩個吵夠了沒有？」一個男人的聲音粗魯地說。

小柏與小琳不知道這個地方還有其他人，於是小琳立刻用燈光照向房間其他地方。

果然在這個不大不小的空間之中，除了小琳與小柏之外，還有其他兩男兩女，說話的正是其中一名男子。

這到底是怎麼回事啊？

小琳覺得越來越困惑了。

2

空氣中飄浮著一股讓人不安的氣氛。

在這個密不透風的小空間裡面，原來有六個人。

從他們的反應來看，似乎沒有一個人是自願被困在這個地方的。

有人甚至剛剛才清醒，六人進到這裡的時間似乎都很接近。

小琳用瑞士刀上的小燈泡在這水泥房間裡面找了一圈，四面堅固的水泥牆上完全找不到任何出口，甚至沒有看到任何接縫。

多麼詭異的地方啊！

不，更重要的是，如果這個房間是密封的，那麼大家是怎麼進來的？

到底又是誰，把連自己在內的這些人抓到這個地方來？

這裡又是哪裡？

小琳的腦袋裡浮出許許多多問題，但她連一個答案都抓不到。

甚至無法肯定自己之所以被關到這裡來，一定跟飛頭鬼火案有關。

畢竟自己因公交到的朋友屈指可數，樹立的敵人卻是不勝枚舉。

從警察同仁到宵小，小琳過去得罪太多人了。

所以在沒有看到，不確定是誰襲擊自己之前，下任何定論都太過於武斷。

「有人記得我們是怎麼進來的嗎？」其中一名女子開口問其他人。

眾人你看我、我看你，全都緩緩搖了搖頭。

小琳持續摸索著，仍舊希望可以在牆上找到任何可能是出入口的隙縫。

剛剛打斷小柏與小琳對話的男人，皺著眉頭問：「妳在找什麼？」

「找可能是出口的地方。」小琳答得扼要。

男人挑起眉來，用手指著小琳右上方。

小琳朝男人手指的方向照過去，看到這個密閉空間上方，有一個絕對可以讓人通過的大洞。

就在剛剛小琳照著四周尋找出口的時候，男人靠在牆邊仰起頭來的瞬間，看到了小琳的燈光掃過那個洞，只是她沒注意到。

看樣子眾人就是被人從那個洞丟到這個房間裡面來的。

既然找到了出口，眾人很有默契，也沒多說什麼，便想辦法要上去。

這個水泥房間的高度差不多有四公尺，大家各自脫下了多餘的外衣，製成一條簡單的拉繩讓小柏繫在身上。

在兩個男人的合作之下，小柏靠著兩人幫忙，順利爬了上去。

接下來小柏解下綁在身上的拉繩，協助另外五個人一一爬上去。

在黑暗中已有一段時間，視力逐漸能夠適應漆黑，就算不依賴瑞士刀的燈光，也大略能夠看清楚周圍環境的輪廓了。

但逃離原本的房間，情況卻沒有好轉，因為當墊底的小琳上來之後，很快就發現他們爬上來的這個地方，與剛剛的水泥房間差不多，只是多了幾道不知通往哪裡的門。

另外兩個男人上來之後，立刻就去探路了。

確定所有人都已經爬上來，小琳稍微檢查了這個房間，發現了一個開關，經過觀察，考慮了一會將它打開，房間裡燃起了一點燈火。

整個房間只有一盞小燈，因此光線雖然微弱，就連睡覺時所用的小夜燈都比它明亮，卻也足夠讓眾人看清楚彼此的樣子。

電燈開關看起來有些老舊，燈泡上也積了一層灰，但還能用，此處應該已經存在很久了，且每隔一段時間就會有人過來。

開了燈之後，那兩個探路的男人也一前一後，分別從不同的門回來了，兩人進門的瞬間都瞇起了眼睛，似乎對房間裡的光線還不是很適應。

「通道很長，不確定通往什麼地方，而且中間有岔路。」其中一個男人回來之後這麼說，而另外一個則聳了聳肩，表示他那邊也是同樣的情況。

不同於下面那間房間，這個有通道的房間，除了兩條通道以及一個通往下面房間的洞之外，還有一張石桌。

六人圍著石桌而立，腦海裡面想著相同問題。

這裡到底是什麼地方？

又是什麼人將眾人帶到這個地方來的？

「你們之間有人跟ＸＸ集團有關嗎？」說話的是其中一個女性，她抿著嘴，用看起來略顯冷酷的雙眼觀察著眾人的臉。

一聽到女子這麼說，所有人的臉都沉了下來。

小琳調查的飛頭鬼火案，牽涉到的正是ＸＸ集團，她一路追蹤的那顆飛頭，也正是這間企業的副總張本皇。

小琳第一個點頭，另外兩個男人也跟著點了點頭。

小柏皺著眉頭，聳了聳肩說：「我是跟他們有生意上的往來，不過我覺得這應該不會是我們被抓到這裡的原因吧？」

女人很明顯對小柏的解釋沒有興趣，逕自將頭轉向其他人。

唯一還沒做任何表示的女性只是低著頭，似乎對這個話題沒有半點興趣，也可能因為過度驚嚇，所以精神狀況不是很穩定。

雖然少了一個女子的回答，不過六人之中有五人都跟這集團有關係，看樣子答案再明顯不過了。

畢竟一群人被困在一個不知道身在何處的地方，唯一也是最顯著的共通點，就是這些人都跟XX集團有關。

這似乎不需要靠方正特別行動小組的辦案能力，一般人也會覺得事有蹊蹺。

看到大家下了定論，小柏皺著眉頭說：「所以把我們抓到這裡來的就是他們？這太不合理了吧！我不知道你們是什麼情況，但我跟他們真的一點恩怨都沒有，唯一有過的關聯就只有他們曾經要跟我買一樣東西，最後沒有買成而已。」

那個女人冷笑了一聲，似乎對小柏的看法很不以為然。

「不管動機是什麼，他們可以這樣隨便把人抓到這種地方來嗎？」另外一個男子語氣有點激動地說。

「哼，你以為你們能怎樣，報警嗎？不管可不可以，他們已經做了，不然你還能想得到有誰會把我們抓到這種地方來？」

那個激動的男人聽到女人說的話，臉上表情扭曲，雙手握著的拳頭不停發抖。

事實正如那女人所說，六個人會在這邊，不正意味他們已經這麼做了？

更何況，其中一個還是堂堂的警務人員。

說到報警，小柏似乎想到了什麼，開始搜起自己的身體。

「你想找手機嗎？」女子冷冷地說：「沒用的，我剛剛已經找過了，我的手機跟隨身攜帶的紙筆都不見了，我想你身上有用的東西應該也都被收走了。」

「可惡，就只剩這些東西？」小柏似乎沒把女子的話聽進去，翻了翻口袋，只找到了糖果紙跟發票。

小琳看了自己手上的瑞士刀一眼，的確，除了瑞士刀之外，她身上的配槍和通訊器材全都被拿走了，之所以還能保有瑞士刀，可能是因為她藏在一般人不會放的地方吧！

然而即使有手機，在這種詭異的地方，天曉得會不會有訊號。

再者，如果其他人得知小琳正是警察，大概就會發現報警可能也沒有用吧。

小琳並不打算告訴大家自己的身分，一方面是怕大家對警察有戒心，不知道會產生什麼情緒反應，另一方面也是因為現在就算知道她是警察，被困在這裡的事實也不會有所改變，甚至可能會因為連警察都被抓而更加恐慌。

當初在指揮辦案的時候，小琳就覺得組員似乎有點忌諱這個大企業，所以做起事來特別小心。

但是一直支持小琳的，是方正在歡迎大會上面說過的話。

她相信，只要自己秉持良心與正當程序，大隊長一定會站在自己這邊的。

可是眼前這一切，卻讓小琳想起了過去的一起案件。

為了過去那起案件，小琳幾乎快被逼出警界。

當年，小琳才剛踏入警界，被安排處理一起交通事故。

原本只是一起單純的肇事逃逸，經過調查之後，車主是一名法官的孩子。

等到小琳準備登門拜訪的時候，駕駛卻自己來投案，但那個人並不是車主。

他向警方供稱當時駕車的人是他，也是他撞傷了人之後逃逸。

但筆錄之中，卻處處語帶漏洞，甚至連在哪裡撞傷人，撞傷的是路人還是騎士都說不清楚。

即使不需要經過專業訓練，在場的人也非常清楚他根本就是來頂罪的。

但是，當時小琳的上司，還是要小琳逮捕這個來頂罪的年輕人，並趕快結案。

小琳當然不願意放過，但在上司強力干涉之下，最後小琳被調職了，而整起案件也被壓了下來。

這讓小琳非常失望，甚至一度想要放棄警職。

這個案件讓小琳體認到，原來在民主法治的社會，也有這樣的特權與不公義存在。

這時小琳注意到那個一直悶不吭聲的女子，身體正在微微顫抖。

「妳沒事吧？」小琳見狀想要上前去安慰幾句話。

想不到小琳的手剛碰到女子，女子立刻抓狂似地揮開她的手，並且大聲尖叫。

大夥原本以為女子是驚嚇過度，想不到女人指著小琳叫道：「別靠近我！你們通通不要靠近我！」

「冷靜點，我們不是妳的敵人。」小琳試著要安撫女子。

「不！」女子叫道：「別靠近我，我跟你們不一樣！」

女子一臉不甘心地掃視眾人，然後搖著頭說：「我不應該在這裡，你們才應該死在這裡！我不應該在這裡，我對公司那麼盡心盡力，為什麼……為什麼連我也會在這裡？」

聽到女子這麼說，所有人都皺起眉頭來。

「哼，所以妳就是XX集團的員工囉？」另外一名女子冷冷地說。

「不是！」歇斯底里的女子用力揮舞著自己的手臂叫道：「我跟你們不一樣！我不屬於這裡！」

「妳的意思是我們就應該屬於這裡嗎？」女子的發言惹惱了男子。

「對啊，妳最好把話說清楚，憑什麼這麼說？」另外一個男子也不滿地說。

女子沒有回答，只是低著頭，過了一會之後，突然顫抖著肩膀，開始陰惻惻地笑了起來。

「不，只要殺光你們，我一定可以出得去！」女子像是瘋了般喃喃說道。

「什麼？」

「對了，哈哈哈哈！」女人瘋狂地笑著，並且抬起頭來看著四周說：「你一定在觀察我們，對不對？」

被女子的行為影響，其他人也開始看著四周的牆壁。

「他把我們關在這裡，就是要我們自相殘殺，只要我殺光你們，他一定會讓我出去的。」

女子看著其他人，眼神中流露出瘋狂：「沒錯，他最喜歡搞這種變態的玩意了，一定是這樣。」

「所以妳認為，」冷酷女子絲毫不受這瘋狂女子影響，冷冷地說：「這只是一場遊戲，只要殺光其他人，最後活下來的人就可以出去嗎？」

瘋狂的女人用力點了點頭，嘴角也勾勒出一抹令人發寒的詭異笑容。

「如果真是這樣，那妳認為現在最危險、最有可能先被殺的人是誰啊？」冷酷女子也不懷好意地瞪著瘋狂女子。

其他兩個男人，紛紛轉向那個瘋狂的女子。

在事情暴走失控之前，原本不打算公開身分的小琳再也按捺不住，她緩緩站了起來。

「在你們做出任何蠢事之前，我要告訴各位，我是個警察。」小琳板著臉說：「我保證，任何人敢在這裡做出違法的事情，就算是為了要逃出這個地方，只要我還活著的一刻，一定會逮捕你歸案，不要以為在這種地方，你們就可以互相殘殺而不需要負任何法律責任。」

小琳說完之後，沉著地看著眾人。

眾人互望一會之後，似乎達成了某種協議。

「我記得，」那個冷酷的女子扠著腰對小琳說：「不是有什麼緊急條例，在這種情況之下，我們可以為了自保而做出傷害其他人的行為，不是嗎？」

「我不認為現在適用這樣的法律，看看我們，雖然被關起來，但是並沒有立即的生命危險。」

「嗯，」冷酷的女子點點頭，突兀地說了聲：「就是現在。」

小琳皺著眉頭，不是很懂女子說的話，這時一個黑影突然朝她撞了過來，小琳因為注意力都集中在女子身上，根本來不及防備，整個人就被黑影撞上。

那黑影不但撞到小琳，並且將小琳朝眾人剛剛爬上來的洞口撞了下去，就在小琳與那個黑影雙雙摔入洞中的瞬間，小琳看到了原本自己站的那個位置上，站著其中一名男子，而男子手上不知什麼時候多了一把尖銳的刀子。

小琳與黑影重重地跌回原本的房間，不過也因此逃過了一劫。

「媽的，被他們逃了。」

「沒關係，我們找個東西把這洞堵死，這樣他們兩個就跟被活埋沒什麼兩樣了。」

「把那石桌反過來，大小應該差不多。」

小琳清楚聽到上面人的討論，然後沒過多久，就聽到他們把石桌反過來，堵住頭頂洞口的聲音。

雖然可能因為桌面不平或是洞口崎嶇，洞口並沒有被完全堵死。

上面的燈光透過隙縫照射進來，待在這裡不至於窒息，也還能夠看得清楚，但時間久了還是很可能被活活餓死。

「哎唷，真是痛死我了。」那個救了小琳一命的黑影，扶著腰站了起來。

小琳這時才看清楚，那個救了自己的人，正是小柏。

「妳真的是警察嗎？」小柏一臉狐疑地問道：「真是的。」

「當然，」小琳沒好氣地說：「在台灣冒充警務人員是犯法的。」

「好，那我問妳，」小柏說：「妳就這樣大剌剌表明身分，還說出那樣的話，大家如果真的要自相殘殺，妳猜猜看第一個目標會是誰？」

小琳被小柏這麼一說，瞬間省悟。

為了脫罪自保，眾人一定會改將小琳列為第一個攻擊目標，而大家心裡也明白，小琳畢竟是警察，恐怕不是那麼好對付，所以才會不謀而合決定先合作幹掉她。

「或許妳是警察，但是妳一定很不精明，做事都只憑一股衝動。」小柏若有所思地說。

聽到小柏這麼說，小琳惡狠狠地瞪了小柏一眼，不過瞬間就軟化了下來。

畢竟，他可是唯一出手相救的人，雖然小琳不認為兩人重新困回這一開始的房間裡面會是什麼好的脫逃方法。

「現在呢？」小琳不想多作解釋，攤了攤手問小柏：「你讓我們重新回到這個房間，有沒有什麼好的主意呢？」

「哼，這沒什麼啦，我已經習慣了，又不是沒被關過，這間空屋算不了什麼啦！」

聽到小柏這麼說，小琳挑起眉一臉狐疑地看著小柏。

「嘖，我不是說坐牢啦，我沒坐過牢。」小柏揮了揮手說：「我說的是像現在這樣，被關在烏漆抹黑的密閉空間裡面。」

「喔？」

「哼，」小柏搭配著誇張的肢體動作，一臉得意地說：「如果說出我的遭遇啊，告訴妳，五本小說都寫不完！我不是被一堆像食人族一樣的日本人抓去關在簡直就是迷宮的洞裡，不然就是跟一堆破爛槍枝一起被鎖在廢棄防空洞裡面，我還曾經被困在一個深山的洞穴中，跟一群恐怖的……嗯，怪物，共處一室過。總之，像現在這樣被困在這種地方，對我來說算小意思啦！」

小琳頗受不了地搖了搖頭，實在不懂像這樣倒楣的遭遇，有什麼可說嘴的。

「嗯，那請問一下很有經驗的小柏先生，現在我們應該怎麼辦？」

被小琳這樣一問，小柏抬起頭來，看著已經被封住的出口，深深地嘆了一口氣。

剛剛的意氣風發，在現實狀況之下，消失得無影無蹤。

3

小琳與小柏兩人，就這樣被困在這間一開始大家醒來的房間之中。

「你說你跟他們有生意上的往來，是什麼樣的生意？」小琳靠在牆上，有氣無力地問小柏。

「其實也不是什麼生意上的往來啦，」小柏搔了搔頭說：「簡單來說，就是他們要跟我買一樣東西，但我不太願意賣他們就是了。」

「喔？什麼東西？」

「嗯……」小柏皺著眉頭，面有難色地說：「一個骨董，唉，總之就是我收藏的一個東西，他們想出高價跟我買，但是我不願意賣，大概就是這樣。不過我還是不相信，光憑這點他們就可以把我綁到這裡來。畢竟……」

小柏沒有繼續說下去，小琳狐疑地問：「畢竟……？」

「畢竟我父親跟他們的創辦人也還算有點交情，所以我覺得不太可能因為這樣就綁架我。」

「哦？」

「雖然戴爺爺，也就是他們的創辦人，現在已經不管事了，但是以我過去對他們家的印象，他們應該不會做這種事情才對啊！」

「哼，」小琳不以為然地說：「你沒聽過為富不仁這句話嗎？我對他們的集團做過調查了，你或許很驚訝自己在這裡，但是從我調查到的資料看來，我一點也不訝異他們會做出這樣的事情。」

「有這麼誇張嗎？」小柏皺著眉頭，一臉不太相信的模樣。

「當然，我這邊不但有他們行賄的證據，還有很多見不得人的資料，像是環境評估、土地開發啦，總之他們有很多弊案，都是見不得光的。」小琳說：「其他的不說，就拿我調查的這個案件來說，已經有那麼多人自殺了，卻完全沒有鬧上媒體，這完全是因為他們封鎖了消息。」

小琳說得義憤填膺，小柏卻只是若有似無地點了點頭，似乎對這一切都不放在心上。

「既然這一切妳都已經掌握了，」小柏淡淡地說：「那怎麼還這麼不小心被他們抓到這裡來？」

「唔……」小柏的話彷彿一把刀刺入小琳心中。

「所以我才會說妳一點都不像警察，一點警覺性都沒有。」小柏瀟灑地拍了拍自己的褲子說：「不過這也不能怪妳啦，畢竟像我這樣的經歷不是每個人都有，妳會大意也是人之常情。」

「你如果真的那麼厲害，又為什麼跟我一樣被抓到這裡來啊？」實在受不了小柏的自戀，小琳出言反擊。

「我的情況不一樣啊，我是完全在未知的情況之下，而且我到現在還是不太相信，真的是他們把我抓到這裡來的。」

「那你警覺性不是比我還差？」小琳白了小柏一眼說：「話說回來，他們到底要跟你買什麼東西？」

「妳是骨董收藏家嗎？」小柏攤開手說：「不是的話就算我告訴妳，妳也不知道是什麼東西啊。」

「不過就是個骨董也那麼神秘……」小琳臉色一沉，雙眼銳利如刀瞪著小柏：「你們該不會是在做毒品交易之類的吧？」

「妳說到哪裡去了，」本來想要說幾句玩笑話以緩頰的小柏，瞬間看到小琳那認真到不行的臉色，立刻正色回答：「他們要跟我買的東西，是我收藏的一個叫做『天龍陰玉』的東西。如何，聽過嗎？」

小琳用力搖了搖頭。

「就跟妳說妳不識貨，這個好東西，說什麼我也不會賣給他們。」小柏一臉神氣的模樣說道：「有些東西是有紀念價值的，價碼開再高我也不會賣。」

小琳無奈地搖了搖頭。

從某個角度來說，這個叫做小柏的男人，也算是個異類。

雖然不知道他那莫名其妙的自信到底從何而生，但是跟其他人比起來，他的確冷靜多了。畢竟，如果不是他，現在小琳可能已經倒在血泊之中了。

想到這裡，小琳也不想要再冷言冷語傷害他。

「我印象中，他們集團裡並沒有經營骨董買賣，為什麼會那麼想要你那個天什麼東西的，甚至還不惜把你綁到這裡來呢？」

小柏雙手一攤，聳了聳肩說道：「所以我說不合理啊。」

小琳摸著下巴，仔細地想了想。

如果照這樣的情況看來，在這裡的六個人全都跟那間企業有關係，不，說得更明白一些，都是跟那間集團企業作對的人。

那麼小柏手上的那個東西，很顯然對他們來說非常重要。

先前，小琳一直把焦點放在張本皇這個突然一路順風的男人身上，認定他就是搞出這一切的人。因為資料上面顯示張本皇跟一個宗教組織始終保持緊密聯繫，而這個宗教組織的創辦人，有許多詐欺與暴力的前科。

原本還以為張本皇有同夥，所以才把小琳等人都給抓了。

但是聽到小柏這樣說，小琳突然有了完全不同的想法。

如果說，張本皇不是首腦，只是一個打手呢？

剎那間，小琳感覺到自己好像真的抓到了什麼重點。

她想到了當時在靈堂前，看到了張本皇的飛頭，那張臉孔充滿不甘與難以置信，與剛剛那個瘋女人如出一轍。

如果一個副總，都只是那個幕後黑手的手下，那麼，在他之上就只剩下屈指可數的人了……

「告訴我，」小琳皺著眉頭，一臉沉重地問小柏：「你對那間企業的高層有多少認識？」

4

小柏對那間企業似乎非常了解，這讓小琳覺得有點可疑。

畢竟依小柏自己的說法，他跟那間企業之間，只有一筆談不成的生意，怎可能只是這樣，就對這間企業如此了解。

雖然這間企業在台灣幾乎家喻戶曉，但真要深入高層，對高層如此了解的人絕對寥寥無幾，甚至連調查這間企業已經有半年之久、以執著認真聞名的小琳都無法了解那麼深入。

小柏不但了解創辦人，就連第二代、第三代的關係也非常清楚。

這讓小琳非常不能理解。

「你為什麼會對這間企業那麼了解？」小琳的懷疑全寫在臉上。

「或許，有一件事情我必須告訴妳，」小柏搔著頭，有點難為情地說：「我跟那個企業的第三代，也就是創辦人的孫子，有點關係。」

「什麼意思？」

「我們是小學同學，所以算是舊識，這也就是為什麼我對他們家的情況會比較了解。」

「喔？」這解開了一些小琳心中的疑惑。

如果說小柏跟第三代是朋友的話，或許小柏有此了解，就沒有什麼好大驚小怪的了。

「所以我才會說，不太可能因為天龍陰玉的關係，就把我綁來這裡啊！」小柏理直氣壯地說。

「你跟他們的第三代很要好嗎？」

「你說阿勛啊？」小柏點了點頭說：「嗯，小學的時候還滿要好的。」

「他是怎麼樣的人呢？」

「他啊？簡單來說，對每個男孩子而言，有個偉大的父親或爺爺，或許是最難受的事情。」小柏感同身受地說：「雖然從某個角度來說，他們擁有比較好的條件，但也因為如此，他們一生下來，就注定有一堵高牆擋在自己面前。」

小琳似懂非懂地點了點頭。

「他念小學的時候一直很努力，卻始終無法得到父親的認同。」小柏無奈地說：「所以後來聽說，他高中的時候，常常鬧事。」

關於這點小琳也調查過了，的確第三代與第二代之間，感情似乎不是很好。

這點從後來第三代去了美國留學，回來之後卻到毫無關聯的其他企業工作，可以看出一點端倪。

「為了超越前一代，為了不讓大家覺得自己是靠爸族，大家都需要更努力。」小柏說：「其實不要說是他啦，我也一直以為，自己不是這樣的人，後來卻發現其實自己跟大家沒有兩樣。」

「怎麼說？」

「以我來說，我爸很喜歡骨董之類的東西，但我對那些東西非常不以為然。我也喜歡骨董，但總覺得比起那些有價的骨董，經過一番努力得到的骨董，才是最珍貴的東西。」小柏說：「這次他們想跟我買的，就是那個我拚老命去工作，好不容易才得到的第一件寶物，所以我不肯賣。不過不管怎麼說，首先，阿勛不在家裡公司工作，這次買賣雖然是阿勛出面跟我談的，但是實際上聽說是為他父親談的。另外，就算我不肯賣，阿勛也不會這樣對我，這點我敢打包票。」

小琳開口還想要多問，小柏突然將手指擺在嘴上，示意她不要出聲。

兩人頓時沉默下來，這時一陣石頭擦地的聲音，從上面傳了過來。

兩人躲在牆邊，擔心上面的那些人，想要跳下來襲擊他們，兩人已做好了準備。

上面的石桌緩緩移開，差不多已夠一個人通過的大小時，就靜止不動了。

四周一片死寂，沒有半點聲音。

兩人等了一陣子，沒有看到有人跳下來，上面也沒有聽到任何動靜。

互相使了眼色之後，兩人決定爬上去看個究竟。

小琳與小柏協力爬回上面的房間，卻聞到空氣中瀰漫著一股血液的腥臭味。

只見那張用來擋住洞穴的石桌旁邊，就躺著那個情緒一直都很不穩定的女人。

女人的胸口沾滿了鮮紅的血液，一條偌大的開口彷彿嘴巴長在喉嚨上，露出宛如笑容的嘴型開在喉嚨上。

地面上拖著一條血痕，從其中一條通道一直延伸到石桌邊。

從血痕來判斷，女人應該是在那條通道附近，被人劃開了喉嚨，然後用盡最後的力量，爬回來推開了石桌。

想必是因為下面關著個警察，雖然自己沒辦法活下來，但至少希望這個警察可以幫自己緝捕凶手。

至於凶手，想必是另外的兩男一女。

如果不是這女人，兩人恐怕真的逃不出那間水泥房。

女人的雙眼睜得老大，似乎不甘就此斷氣。

小琳先是雙手合十，膜拜了一下之後，幫女人闔上了雙眼。

當小琳再站起身來的時候，眼神中流露出一股執著。

現在的她，除了要將把眾人關到這裡的人繩之以法，就連那兩男一女也要為自己的行為付出應償的代價。

就算那三人逃到天涯海角，她也絕對會追過去，將三人逮捕到案。

「走吧！」小琳冷冷地說。

「哪一條路？」小柏看著兩條通道問。

小琳將手指向留有女子血痕的通道。

「這樣好嗎？」小柏吞了口口水說道：「殺掉她的人很可能就走那條耶。」

「我知道，」小琳一臉堅決地說：「所以我才要走那條，就算逃不出去，我也要逮捕那些人。」

聽到小琳這麼說，小柏苦著一張臉說：「不要這樣好不好，我們先以逃出去為目標可以嗎？」

「你確定另外一條就逃得出去嗎？他們三個說不定就是經過評估才走這條的，到底哪條路是正確的，本來就很難說。」看小柏猶豫不前，小琳冷冷地說：「你要走哪條隨便你，我要去追他們。」

小琳說完逕自朝那條通道走去，小柏留在原地，看了看地上的女人屍體，又看了看血痕，掙扎一會之後，嘆了口氣，也追著小琳一起走入那條通道。

5

解決了小琳之後，那三個人的目標，很可能就落到這個跟那企業似乎頗有關係的女人身上。

女人身上除了喉嚨上的致命傷，小琳還看到許多傷痕，而女子的血痕也一直蔓延在通道地板上。

那三人似乎找到了電燈開關，原本漆黑的通道，現在亮著微弱的燈光。

彎曲的通道兩側有幾個房間，門與門之間的距離明顯各不相同。

兩人順著血跡，來到其中一個房間，血跡在這裡噴濺得到處都是，地板上還有一根被打彎的鐵棍。

小柏看到房間的慘狀，不自覺摀住了嘴。

從房間的情況判斷，那三人似乎沒有立刻殺了女人，反倒是在這個房間裡狠下毒手凌虐了她。

他們一定想要從女人口中得到更多可以逃出這裡的情報吧？

小琳如此推測著。

看到小琳宛如刑警辦案般，小心翼翼地繞著房間，小柏更是坐立難安。

畢竟現在根本不是辦案的時機吧？

「我說，」小柏輕聲地對小琳說：「我們現在是不是該專注在怎麼逃出去這件事上啊？」

小柏說話的時候，不時望著入口，似乎很擔心這是個陷阱，要是這時候那三個人拿著凶器衝進來，兩人就跟甕中之鱉一樣，插翅難飛啊！

但小琳卻充耳不聞，仔細觀察著地面與牆上的血跡。

突然，一道尖叫聲傳入兩人耳中。

原本神經就已經非常緊繃的小柏，一聽到這駭人的尖叫聲，立刻縮成一團，跳到牆角。

而小琳也被這尖叫聲嚇了一跳，立刻警覺地跑到門邊蹲下埋伏好，任何人經過這條通道，小琳都有信心可以制伏他。

過了一會，同樣駭人的尖叫聲又傳了過來。

這次兩人聽得非常清楚，聲音是從門外通道另一邊傳過來的，而且從聲音判斷，似乎是另外那個女人。

小琳示意要小柏過來，小柏先是死命搖頭，後來看小琳不管他，逕自要走掉，他才趕緊追上去。

小琳的腳步很快，似乎想要快點趕到那女人所在的場所，這讓小柏追得有點辛苦，很怕小琳就這樣消失在通道之中，再也找不到人。

這時女人的尖叫聲又再度傳來，這次聲音比起前兩次都還要來得大。

兩人剛轉過通道，跑在前面的小琳突然停下腳步，小柏隨後趕到，也立刻停下了腳步。

小琳與小柏立刻被眼前的景象給震懾住，一群無頭鬼魂，緊緊抓住了那女人，並且將她壓在地上。

女人口吐著鮮血，雙眼睜得好大，似乎不敢相信眼前的景象。

只見這群無頭鬼魂，徒手挖下女子的肉，使勁朝自己頸部的斷口塞。

這是什麼恐怖的景象啊！

小琳跟小柏一時看傻了眼，女人肚子被挖開一個大洞，腸胃都流了出來，一邊吐著鮮血，一邊痛苦地哀號著。

小柏這時回過神來，用力拉著小琳的手，轉頭逃回通道之中。

小琳愣愣地跟著小柏走了好長一段路，確定那群無頭鬼魂沒有追過來之後，兩人才停下來，隨便找一個房間，躲了進去。

「哇，我還以為我什麼都見過了。」小柏無力地癱軟在牆邊說道：「但這種吃東西的方法也太離譜了！」

這時稍微冷靜下來的小琳突然想到，剛剛見到的那群無頭鬼，該不會就是那些飛頭鬼火案的被害人身體吧？

那些化成飛頭的被害人，在頭七那天回家哭訴。

他們哭訴的內容正是自己的身體不見了。

如果這些無頭鬼就是那些被害人，他們為什麼會出現在這裡？

這裡到底是什麼地方？

更多疑問再度浮現在小琳的頭腦之中。

「嗯？我屁股上是什麼東西啊？」小柏突然伸手去摸，過了一會之後，突然叫了出來。

「哇靠！血、是血！不過這黏黏的，還有一坨一坨的又是什麼啊？」

聽到小柏這麼叫，小琳立刻用瑞士刀的小燈泡照了一下房門附近，找到了電燈開關把燈打開。

電燈一亮，小琳跟小柏很快就認出地上這些血紅的東西是什麼了。

這是屍塊，而在房間另一個角落，有具無頭的屍體躺在那裡。

眼前，一具冰冷的屍體怵目驚心，從穿著來看，小琳很快就認出，這具屍體應該是那三人之中其中一名男子。

就在小琳確定屍體身分同時，小柏已經衝到小琳旁邊，用力抓著小琳的手。

光是一具無頭屍體，就已足夠讓人恐懼了。

更何況，兩人眼前的這具屍體，竟然開始緩緩動了起來。

第3章・尋人

1

講到找人，方正第一個想到是任凡，再來就是爐婆了。

還記得上次屍變的案子，方正與佳萱兩人只知道要找的人的名字，連最基本的長相都無法確定，爐婆都能夠順利找到人了。

這一次，不要說小琳的長相，就算要小琳個人資料，不管是住址還是生日，方正都已經準備好了。

於是方正帶著佳萱，一起前往爐婆住處。

「找人？」爐婆聽到兩人來意之後，挑起眉說：「你們又想像上次那樣，兩手空空、腦袋空空來找人嗎？」

「不，這次不一樣。」方正解釋：「這次要找的是我失蹤的手下，不要說身分、年齡、長相，就連生辰八字到血型我都有。」

「嗯，」爐婆讚許地點了點頭，然後頓了一下問道：「五萬，你要刷卡還是付現？」

聽到爐婆這樣說，方正的臉都垮了。

「開玩笑的吧？乾媽。」

「誰跟你開玩笑，」爐婆一臉嚴肅地說：「這個月還沒開張呢？你剛好是我的第一筆生意。」

方正無奈地看著佳萱，佳萱笑著聳聳肩。

這對乾母子的奇特相處模式，佳萱已經見怪不怪了。

方正沒辦法，只好把信用卡拿出來，交給爐婆。

爐婆拿出刷卡機，俐落熟練地刷完卡之後，還給方正。

「謝啦，這裡簽個名。」爐婆眉開眼笑地說：「這樣我就可以去換最新的哀鳳了。」

聽到爐婆竟然要拿錢買那種奢侈品，方正立刻用死魚眼瞄了爐婆一眼說道：「有必要用那麼高級的東西嗎？」

「哼？拜託一下，那個對你們來說只是手機，對我來說可是生財工具啊。」

「啊？」

「我有個客戶啊，說要幫我在哀鳳那個電子商店裡面弄一個算命館，以後客人不需要親自過來，就可以直接在哀鳳上面給我算命，有沒有很炫？」

方正聽了臉都垮下來了，一旁的佳萱則是拍手大讚爐婆夠先進。

「不只這樣，」爐婆一臉得意地說：「而且有哀鳳，我就可以直接在上面看我的非死不可粉絲團，很方便咧！」

「啊？妳還有粉絲團？」

「嗯？你這種兩光陰陽眼都可以成為警界傳說了，我是有真材實料的耶，算過的都說讚，我沒有粉絲團，不然應該你有嗎？哼。」

聽到爐婆這麼說，方正也只能低頭稱是。

一旁的佳萱當裁判，轉過來笑著對方正說：「嗯，你輸了。」

佳萱與方正兩人跟著爐婆到了後室。

「好啦，」爐婆指著在後室中央神壇前面的大爐說：「跟上次一樣，你們兩個手牽手圍著大爐，然後心中默想要找的那人名字跟長相，越清楚越好。」

方正與佳萱兩人照爐婆所言，開始在腦中唸著小琳的名字，並且想著小琳的模樣。

等兩個人準備好之後，爐婆點燃了手上的符籙，然後丟到大爐中。

「好，閉上你們的眼睛，同樣在心中默想好。」

兩人閉上雙眼，漸漸地，香爐中裊裊上升的煙，在兩人中間緩緩散開。

煙宛如細蛇般盤旋而來，閉著雙眼的兩人，就這樣將煙吸入鼻中。

吸入煙同時，方正腦海中，看到了自己的視線就像坐上飛機般，穿過爐婆家的天花板，飛行起來。

視線朝東而去，慢慢離開台北市區後，略微朝南方轉。

方正感覺自己好像翱翔在天際的飛鳥般，飛越了陽明山，穿過了連他自己都分不出是哪座山脈的峽谷。

漸漸地，前進的速度和高度都不斷往上攀升，甚至凌駕在雲端，過了約莫一分多鐘後，視線突然緩緩停了下來。

那是一座不知名的山脈，方正估算了一下，這裡應該是台中偏南，大概在霧峰附近。

這時視線朝著東南方一座山丘看過去，卻不知為什麼，那座山的東南方山坡，被一片黑霧籠罩，方正完全看不清楚山的輪廓。

兩人緩緩張開眼睛，視線又回到了爐婆家的內室。

佳萱所看到的畫面與方正一樣，都在那山坡上被一片黑霧遮蔽了視線。

爐婆聽完兩人所說的話之後，要方正把事件始末告訴她。

方正便將小琳所追蹤的飛頭鬼火案簡單地跟爐婆說明了一下。

爐婆聽完之後，深深皺著眉頭，閉上雙眼久久沒有開口說話。

兩人不敢打擾爐婆的思緒，只能靜靜等著爐婆開口。

過了半晌，爐婆重重地嘆口氣說：「你們應該早點來找我的，現在恐怕來不及了。」

兩人聽到爐婆這麼說，心情都沉到了谷底。

「乾媽，這話怎麼說？」

「嗯，」爐婆沉吟一會說：「先從你們看到的景象來說吧。你們兩個都說，在山坡那邊，視線被一團黑霧擋住了，對吧？」

兩人點了點頭。

「我這個香爐找魂術，其實找的是人的氣。」爐婆解釋道：「每個人的氣，就像指紋一樣，是每個人都不一樣的。就好像大家所說的相由心生一樣，每個人的氣影響了他的相，所以大抵上只要想著名字跟長相，大概就可以找到八、九成的人，當然也有例外，不過跟這次你們看到的情況無關，我就不多作解釋了。」

兩人聽了似懂非懂地點點頭。

「至於你們看到的那道黑霧，就是因為她的氣在那裡被壓住了，換句話說，如果她被殺了，該處就是她命喪之地。」爐婆平心靜氣地說。

方正與佳萱聽到這裡，臉色驟變。

爐婆接著說：「不過你們也不需要那麼快就下定論，還有另一種可能性，就是跟你們的案件有關。」

「妳是說那個小琳被派去調查的飛頭鬼火案？」

「嗯。」爐婆點了點頭說：「如果我沒有猜錯，那應該是一種風水術。」

「風水術？」

「嗯，簡單來說，就是風水師所使用的法術。」爐婆沉著臉說：「一般來說，風水除了天生的地勢和建築結構之外，另外一種就是避邪、剋煞之類的。像這種運用風水，施行特別的手段，就是所謂風水術。」

「那跟我們的飛頭鬼火案有什麼關係？」

「從你們的描述聽起來，飛頭在頭七會回家哭喪，然後化成鬼火，我以前曾聽說過，那是個失傳很久的風水術。」爐婆皺著眉頭說：「實際情況我不是很清楚，不過聽說那個風水術因為太過邪惡，所以失傳很久了。」

「那跟小琳有什麼關係？」

「結合兩者，那你們說的小琳很可能是被關在一個風水局裡面，如果真是這樣，我的法術的確無法確實找到她的正確位置。」

「所以小琳可能還活著？」

「嗯，只是不知道被關在那團黑霧中的什麼地方。」

方正聽了之後，攤手無奈說道：「那不就要搜山了？那團黑霧幾乎包圍了半片山坡耶！」

爐婆搖了搖頭說道：「就算搜山也不見得找得到，畢竟那是風水局，可能是座墳，也可能在地底。」

聽到爐婆這麼說，方正跟佳萱瞬間非常洩氣。

「不過，理論上，只是理論上喔，風水不管流派，對於相同地勢的解讀跟佈局方法，應該大同小異。」爐婆說：「風水非我專長，雖然我知道幾個有點功力的風水師，不過……嗯……我不太方便跟他們聯絡。」

看到爐婆面露難色，方正白了爐婆一眼說：「妳該不會騙過人家錢吧？」

「去去去，胡說什麼，我幾時騙過人了？」爐婆瞪了方正一眼說：「你要老是這麼黑白說，我就叫我乾媽也就是你乾奶奶，教訓教訓你。」

一聽到乾奶奶旬婆的名號，方正立刻閉嘴，抿著嘴不敢多說。

「所以這得要靠你們自己了，看看你們有沒有認識的風水師。」

方正心想自己是堂堂警員，這輩子看過的風水師都是騙人的居多，怎麼可能知道誰有真材實料。

方正苦著一張臉，正準備告訴爐婆自己沒認識半個時，突然「啊」的一聲叫了出來。

方正想到了一個人，不，正確來說應該是一個鬼。

那是跟任凡在一起時認識的，那明明是鬼、卻自稱是半仙的鬼魂。

此人曾是清朝御用風水師，最後卻慘遭處死，滯留人間只為了證明自己風水功力的鬼魂。

2

方正沒有辦法直接跟那個鬼半仙取得聯絡，對可以將鬼魂招之即來、揮之即去的任凡來說，手機這種東西很多餘，畢竟他要找的多半不是人，而人也不大會找他。

所以方正只好駕車前往任凡先前的住處，打算問問駐留當地的鬼魂，有沒有可以聯絡得到鬼半仙的方法。

沒想到車子才剛開上往任凡住所那條路，方正與佳萱就被眼前的景象震懾住了。

只見數以千計的鬼魂包圍了任凡的住所，有些擠不下的還湧到馬路上來。

這景象方正曾經見過，那是鬼月時，任凡這邊的營業盛況。

難道說，任凡已經回來了？

一想到這裡，方正立刻下車，根本不管這裡的鬼魂，隨便一隻都可以嚇暈三年前的他。

方正與佳萱步行過去，兩人身上具有陽氣，現在又是白天，不需要跟這些鬼魂擠，他們自然而然就會避開兩人。

只是在兩人過去之後，原本開通的路徑又立刻被填滿，感覺兩人好像被淹沒在這群鬼海之中。

才剛走進這個被任凡當作根據地的廢棄建地，兩人立刻聽到右邊那棟廢棄建築三樓的鬼魂，大聲對著下面的鬼魂叫道：「拿到號碼牌的就趕快出去，不要一直賴在這裡啊！」

那個鬼魂正是長年駐在此處，頭顱常常被小鬼們拿去玩的黃伯。

方正聽到黃伯這麼說，與佳萱互看了一眼，眼神充滿興奮之情。

拿號碼牌不就是任凡回來的證明嗎？

難道說，任凡真的回來了？

方正喜形於色，正打算上樓，想不到黃伯後面突然有個小鬼跳了起來，朝著他的頭用力踢了下去。

黃伯的頭顱被小鬼這樣一踢飛了出去，在空中還不忘叫道：「哎呀，我不是跟你們說過，現在不要這樣玩嗎？」

可是那些小鬼哪裡管他那麼多，所有人看到黃伯的頭顱飛到樓下，便鬧哄哄地一個接著一個跳了下來，準備將黃伯的頭顱拿來進行一場足球比賽。

方正與佳萱見狀，趕緊跑到黃伯頭顱的地方。

「這位仁兄，你也小心一點，別踩我的頭啊！」黃伯的頭顱側倒在地上叫道：「我也拜託你們一下好不好，好歹你們也是鬼，腳不是一定得著地吧！注意一點，別踩到我頭好嗎？」

方正與佳萱趕在小鬼將黃伯的頭顱當成球踢之前，把黃伯的頭顱撿起來。

一看到方正等人搶先一步，小鬼一哄而散，跑到他處找尋其他目標。

「怎麼是你啊？」黃伯的頭顱看到方正便說：「今天哪找來的空檔，可以來看看我們這群鬼魂？」

「我要來找任凡的，」方正掩飾不住心中的喜悅，笑著說：「他回來了對不對？」

「啊？任凡？怎麼可能回來！」黃伯一臉狐疑地說。

「既然他還沒回來，這些鬼魂又是怎麼回事？」

「當然是想來委託任凡的啊，」黃伯無奈地說：「我也跟他們說過了，但他們就是堅持要等，最後越等越多，我沒有辦法，只好先發號碼牌給他們，等任凡回來之後，再讓他慢慢裁量。」

一聽到任凡還沒有回來，方正的臉立刻垮了下來，失落之情全寫在臉上。

「這樣也不錯啊，熱鬧很多欸！」佳萱苦笑地說。

「這裡啊，唉，不是像你現在看到的這樣鬼滿為患，就是等到借婆回來，方圓十里也看不到任何鬼魂。」

聽到黃伯這麼說，方正才想到，的確這裡被借婆佔據了好一陣子。

「那你們呢？借婆來的時候你們怎麼辦？」

「借婆回來的時候，我們哪都不能去。」黃伯一臉無奈地說：「畢竟跟這塊地有羈絆了，只好窩在最角落，就連那全年無休的戲班也都不敢表演了。不提這個了，你們找任凡有什麼事情？」

被黃伯這麼提醒，方正才突然想到自己的來意，對著黃伯說：「對了，我想要問你，有沒有辦法幫我找到一個曾經跟任凡合作過的鬼風水師——鬼半仙。」

「喔，你是說那個紅靈風水師啊？」

方正點頭如搗蒜。

的確，他曾經聽任凡說過，那風水師是一個紅靈。

所謂的紅靈，就是像任凡這種天生具有強大靈力陰陽眼的人，才能看到鬼魂身上散發出來的靈魂顏色，紅靈顧名思義，顏色是紅的。

而紅色正是代表執著，這個鬼半仙就是執著於自己的風水能力，為了證明自己當初沒有看錯大清皇帝祖墳龍脈的風水，才會滯留人間，這種執著讓他的靈魂散發出紅色光芒。

黃伯正準備回答，這時旁邊一個滿臉是血的鬼魂，打斷了兩人的對話。

那鬼魂對著方正問道：「請問一下，你是不是那個其他鬼魂說的，可以取代黃泉委託人的偽託人啊？」

「啊？」

關於自己被黃泉界其他鬼魂戲稱為「黃泉偽託人」的事情，方正早有耳聞，可是這實在不是什麼值得驕傲的事情，所以這時的方正真是承認也不是，否認也不是。

黃伯倒是很爽快地幫方正回答：「正是。」

滿臉是血的鬼魂聽到，立刻抓著方正的手求道：「那你可不可以幫幫我？我付得起報酬，真的，求求你幫幫我。」

聽到這個鬼魂這麼說，其他鬼魂也開始朝方正這邊擠過來，每個鬼都跟這鬼魂一樣，想要求方正幫幫他們。

「等等！」方正趕忙揮手道：「不……這……」

雖然這些日子已漸漸習慣了陰陽眼，而且對這些死狀比較不好看的鬼魂，也不再像過去那樣，一看就會暈過去，但要跟鬼魂平心靜氣地像對待一般人一樣，方正還做不到，更遑論跟他們打交道，像任凡那樣接受他們的委託。

可是看到這滿坑滿谷的鬼魂，有如海嘯般快要將兩人淹沒，方正一時也想不到藉口拒絕他們。

這時一旁的佳萱趕忙幫方正回答：「我們是警察，現在正在辦案，沒有辦法接受你們的委託，等案件告一段落，業務沒有那麼繁忙時，我相信他應該就可以接受你們委託了。」

聽到佳萱這麼說，方正慌忙想要回絕。

現在因案件而沒有時間接受委託，就算有時間，他也壓根不想跟這群鬼魂打交道啊！

但是看到這群鬼魂不達目的似乎絕不罷休的模樣，讓方正最後也不敢說死，只能點點頭回應。

「好啦，你們都聽到警官說的話了，」黃伯對眾鬼說道：「一樣拿好你們的號碼牌，等他有空，如果你們想要委託這位黃泉偽託人的話，到時候我會呼叫你們的。好啦，現在先讓開一點，讓我先好好幫這位警官把事情處理好，拿到號碼牌的朋友，就拜託你們趕快回去你們的地方吧！該去墳場的回墳場，該去路口抓交替就趕快去吧！」

聽到黃伯這樣說，方正突然感覺背脊一陣寒意，的確，當習慣這些鬼魂之後，常常會讓方正忘記鬼魂的恐怖，對待這些鬼魂，還真是半點都不能大意啊！

3

方正與佳萱照著黃伯所說，來到了位於新北市郊外的一處公墓。

這裡有任凡特別幫鬼半仙設立的牌位，還定期找人保養，於是本來棲息在大陸河南的鬼半仙，這些年幾乎都定居在台灣。

兩人照黃伯所言，供了三炷香之後，等了一會，果然聽到熟悉的聲音從背後傳了過來。

「真是想不到兩年前剛認識的時候，你還是任凡旁邊的小跟班，」鬼半仙捻著自己的鬍子從後面走了過來：「現在卻是大名鼎鼎的旬婆之孫、黃泉偽託人啊！」

聽到半仙這番不知褒貶的話，讓方正真不知道該笑還是該哭。

介紹佳萱與鬼半仙相互認識之後，方正立刻轉達自己的來意。

方正將飛頭鬼火案告訴鬼半仙，只見鬼半仙一邊聽一邊提出疑問，還不時皺眉沉思。

聽完方正的敘述後，鬼半仙要兩人給他一點時間，他繞著自己的陰宅，踱步沉思了好一陣子。

兩人不敢打擾他，只是靜靜地等待著。

過了半晌之後，鬼半仙停在兩人面前，緩緩地說：「這……想不到現在還有這個流派的人留在人世間啊！」

兩人聞言互看一眼，等著半仙說下去。

「如果你沒說錯的話，這是一種非常邪門的風水術。」鬼半仙面色凝重地說：「這是從三國時代流傳下來的延命風水術。你們看過三國演義嗎？」

方正與佳萱點了點頭。

「三國演義裡，在五丈原那一段，諸葛孔明為了延續自己的壽命，特別擺了七星燈陣，沒想到魏延慌慌張張進去報告敵情的時候，主燈卻被他踢熄，法術終告失敗。」鬼半仙說：「但真正的正史是，當年有一個流派的風水師，找上了諸葛孔明，告知他死期將近，熟知天文命理的孔明，也知此言不虛。然而風水師提出了這個延命風水術，希望可以幫孔明延壽，但孔明不肯，因為這風水術太過殘忍，要以七人之命，換延命一年，而且越到後面，需要的人數越多，甚至會多達七七四十九人才能換得延命一年。這是此流派第一次出現在歷史上，後來此派因法術太過狠毒，即使受到部分王公貴族的青睞，但依然擺脫不了沒落的命運，真沒想到還有傳人留在世上。」

聽到鬼半仙這番解釋，方正與佳萱都覺得很不可思議。

想不到一件看似簡單的飛頭鬼火案，竟會與流傳千餘年的邪惡風水術有關。

這讓方正立刻想到了該集團企業的創辦人，也就是第一代的董事長，似乎還活著。

雖然這些年沒聽到他的消息，但似乎也沒人聽過他的死訊。

難道這一切都是那個創辦人搞出來的？

「相傳那些被當成祭品生贄犧牲掉的人，都必須斷其魂、拘其身。」鬼半仙一臉沉重地說：「這些被斷魂的人，魂必斷頭，身首異處，然後拘禁其魂之身，放其頭。最後在頭七的時候，就會因為魂身無法共存，化為一團鬼火，消失在人世間。這麼做的目的，一方面是讓他們找不到自己的身體，永遠無法投胎，自然也沒辦法向閻羅王告狀。另一方面則是用他們的魂來騙過鬼差，達到延壽的目的。」

聽了鬼半仙說的話，方正與佳萱的表情更加凝重了，如果屬實，那麼小琳很可能也成為了犧牲者。

但是方正已經打定主意，哪怕小琳真的已經被殺害了，他也絕不允許別人利用她的魂魄，使用如此惡毒的方法來延壽。

「那麼那些魂魄會被拘禁在什麼地方呢？」方正問。

鬼半仙被方正這麼一問，低著頭想了一會，然後抬起頭來說：「要施行這樣的風水術，必先有風水穴。當然風水穴的位置也很重要，不是隨便什麼地方都可以當成風水穴。如果是我的話，會順便挖龍脈，並且以祖墳為穴基，來建造這個風水穴，一來可以施行這種惡毒的風水術，二來也可以庇蔭子孫，讓家運亨通。」

聽到鬼半仙這樣說，方正立刻回頭詢問佳萱：「妳記得那間集團企業的祖墳在哪裡？我印象中小琳留下來的資料裡面有。」

「在新竹附近，跟我們看到的地方不一樣。」

半仙聽到佳萱這麼說，冷冷地哼了一聲：「你以為你們資料裡面的祖墳就是他們的祖墳嗎？那個蓋得豪華氣派的墳墓叫虛塚，並不是真的。真正的祖墳位置，對於這些位高權重的人來說，比自家人的性命還重要，有些顧忌比較多的家族，有可能整個家族只有嫡長子才知道正確位置。」

半仙的話宛如三溫暖，讓方正一會覺得有希望，一會又跌落谷底。

「那不就是大海裡撈針？」方正哭喪著臉說：「不，說不定大海撈針還容易一點。」

聽到方正這樣哭喪絕望，鬼半仙反而露出了陰森的笑容。

「哼哼，」鬼半仙一臉傲氣地說：「對你們來說的確是比大海裡撈針還要難，但是對御用風水師、而且一身正氣的我來說，就是要讓他們知道，邪不勝正這個道理的時候了。」

得到半仙的幫助之後，方正立刻回到特別行動小組，分配調度好之後，全員朝兩人在爐婆那邊看到的山坡前進。

這是方正特別行動小組擴編之後，方正第一次下達全體動員令。

眾人兵分三路，浩浩蕩蕩來到了台中霧峰附近的山區。

就連早上被派出去辦其他案子的楓與阿火兩組人馬，也一起集合到山腳下了。

在這個幾百年前就已經過世的御用風水師指導下，方正調集所有人馬，在可能設立風水穴的地方開始搜山。

4

只要半仙指到的地方，配有高科技裝備的方正特別行動小組就立刻開始搜尋。

半仙按照風水的特性，標記了幾個可以當成龍穴或風水穴來使用的點。

可是接連幾次都沒有順利找到正確的位置。

每次只要撲空，寫在方正臉上的不悅就會加深一點。

「還是沒有？」鬼半仙皺著眉頭說：「奇怪，怎麼連這裡都沒有呢？」

半仙回頭，立刻看到方正臉上的表情。

「又是這種表情……」

鬼半仙哭喪著臉，畢竟這個表情他一點也不陌生。

還記得前兩次的時候，任凡一樣是想要靠他的風水術來找尋一個罈子，那次也是挖了半天找不到，掛在任凡臉上的表情正與現在的方正如出一轍。

「同樣的話我再說一次，」鬼半仙攤了攤手無奈地說：「說不定他們找的風水師沒有像我那麼厲害，你以為所有風水師都可以像我一樣，一語道破江山巧妙處，一眼看破風水輪轉地嗎？他們找的風水師比較兩光，當然看的格局也不如我，選地就沒有那麼精準啦。」

聽到鬼半仙那麼說，雖然心中一樣焦急，但是方正也只能無奈地點點頭。

「不過，」鬼半仙試圖安慰方正說道：「有一個還不錯的消息可以告訴你，如果我沒有記錯的話，這種邪惡的法術，被選中的替死鬼有兩種，一種就是你們最熟悉的飛頭鬼火術，這些人必須自己在施法的符籙後面簽下名字與生辰八字，才能當作一種契約的交換，我想你的手下應該不會這麼做才對。」

方正點了點頭，要被害者自願在符籙後面簽名，的確有一定的難度，他相信小琳應該不會去做這樣的事情。

「至於另外一種替死鬼，則必須被關在風水穴中，讓他們在那裡自滅，靈魂才能夠為其所用。」

「這是什麼意思？」

「意思就是說，如果你們說的是真的，你的手下應該還活著，只要我們能夠及時找到那個風水穴，說不定還有一線希望。」

聽到鬼半仙這麼說，讓方正振奮不少，立刻要鬼半仙再多指幾個地點。

方正特別行動小組連同大隊長方正以及法醫佳萱在內，一共一百零八人。雖然少了小琳，但是多了個鬼半仙，這一百零七人在一個鬼的領導之下，從下午搜到深夜，卻仍沒能找到風水穴的所在。

眼看夜幕低垂，眾人只好撤回山下，預計明天再繼續搜山任務。

在安排好各隊員分別在霧峰分局與旅館等地下榻後，方正獨自在遠處眺望那片山坡。

在這片山坡某處，他的手下小琳正面臨生死交關。

想到這裡，方正整顆心都快揪在一起了。

從某個角度來說，小琳或許是最像方正的人。

方正記得自己在還沒遇到任凡之前，也承受過類似小琳的痛楚。

過去的他處理事情從來不懂轉彎，無法圓滑地處理任何發生在自己身邊的人、事、物。

所以他沒有朋友。

雖然沒有陰陽眼，但他跟任凡還有小琳這些有陰陽眼的人，有著同樣的孤獨宿命。

現在看到小琳，就好像看到當時的自己一樣。

當然，方正跟小琳一樣擁有滿腔的正義與熱血，但他不像小琳這般執著，更沒有辦法像小琳這樣不顧一切。

不過小琳的痛，方正都懂。

就好像一個劃傷過腳的人，看到整隻腳斷掉的人，雖然不能體會那種痛，但絕對知道那只會更痛。

如果不是方正的堅持，小琳或許不會加入行動小組，更可能已經離開警界。

當然今天，也就不會陷入這樣的困境。

所以方正在知道小琳失蹤之後，一直很自責。

「別擔心，」佳萱的聲音從後面傳來：「小琳一定還活著。」

方正沒有回頭，因為他不想讓佳萱看到自己現在的樣子。

「小琳是我看過最堅強的人，」佳萱說：「不管遇到什麼樣的危機，她一定都可以化險為夷的。」

「謝謝。」方正淡淡地說：「但是沒有找到小琳的一天，我的心永遠無法平靜下來。」

佳萱點了點頭，從後面輕輕拍了拍方正的肩膀。

今天是個晴朗的夜晚，但方正的心卻跟點點星光一樣，懸得好高、好高。

第 4 章・風水穴

1

加入方正特別行動小組之後，小琳的職場生涯，不，應該說是整個人生就此不變。

畢竟過去雖然有陰陽眼，卻從來都沒有這樣運用過，說難聽一點，如果真要說陰陽眼給小琳的人生帶來過什麼的話，除了三不五時的驚嚇之外，頂多就是比一般人多一點優勢，可以先避開不乾淨的地方。

但是在加入行動小組之後，派給她的任務幾乎都發生在過去她會避而遠之的那些地方，處理那些她聽都沒聽過，想也都沒想過的案件。

然而，這一切在眼前到達了巔峰。

她作夢也沒想到，眼前竟然有一個一兩個小時前還活生生，甚至想要殺害她的人，此刻卻成為一具無頭屍體，還一步步朝自己過來。

過去的警察訓練，此時完全失去了作用，小琳看著眼前的無頭男子，完全傻住了。

隨著屍體一步步靠近，躲在小琳後面的小柏緊抓著她的手，屍體每前進一步，他的力道就加重一分。

手部傳來的疼痛，將小琳拉回了現實，這時兩人與那無頭男子的屍體已經距離不到兩步了。

小琳抬起腳來，狠狠地朝男子下腹部踹了過去。

可能是因為失去了頭，同時也失去了視力，所以那無頭屍連閃都沒有閃，就這樣被小琳踹退好幾步，然後跌倒在地上。

無頭屍先在地上掙扎了一會，然後又慢慢爬了起來。

在他完全站起來之前，小琳已經拉著小柏，逃出了房間。

兩人逃回通道之後，只能回頭了，畢竟通道往前走，正是一群無頭鬼分食其中一個女人的地方。

兩人一路退回眾人一開始爬上來的房間，眼看著右邊這條通道已經爬滿了那些惡鬼跟無頭屍，兩人商量了一會，決定走左邊的那條通道。

在經過了右邊通道的洗禮之後，兩人格外小心，不管進入任何地方都會先仔細探查，確定安全之後才進去。

以至於一條不算長的通道，兩人也走了好久。

逐漸恢復冷靜的小琳，開始把案件跟眼前所看到的一切慢慢結合起來。

當時在懷疑張本皇的時候，小琳曾經把案件與邪教連成一線，所以特別去請教了一些法師，希望能得到一些答案。

其中有一些法師認為，這很可能是一種泰國流行的降頭術，但是以降頭術來說，必須有個飛頭攻擊的目標，而不是死後才變成飛頭，所以有點本末倒置。

最後有個法師，建議小琳去找風水師，因為這也有可能是種風水術。

但是這條線索也沒有得到好結果，因為一連詢問了很多風水師，都不相信這跟風水有任何關聯。

一直到最後有個風水師，認為這有可能是一本古書上面記載過的風水術，主要是用來延續生命之用，可是那個風水師也認為這種可能性微乎其微。

小琳不肯放棄這唯一的線索，但是張本皇還很年輕，唯一可能需要這個風水術的人，小琳第一個想到的就是這個集團企業的創辦人。

在調查之初，為了了解這個集團企業，小琳指示隊員調查過這個集團企業的創辦人，也正是初代的董事長戴世忠。

在業界，他被人稱為戴善。主要因為他樂善好施，以及平易近人的個性。

他旗下，一共有十三個慈善基金會，幾乎各種慈善團體都或多或少收到過他的善款。

這還只是檯面上的，每年逢年過節他還會特地辦桌請遊民吃飯。

甚至鄉里間還盛傳，凡是願意努力工作的人去找他，他都會安排一份職務給你。

除此之外，他還幫助過許多中小企業，度過各個時期的難關，所以不但人脈廣，又擁有政商關係良好等優勢，讓他在商場上幾乎可說是具有呼風喚雨的能力。

因此業界戲稱他們集團的董座，權力比總統還要大。

這樣的人實在很難讓人相信會做出這種不仁的事情。

但是，小琳是警察，不能只聽信傳言就抹去他的嫌疑。

然而，擺在眼前的事實是，這些年來，雖然創辦人戴世忠還活著，但已經長年臥病在床，深居簡出，企業早就已經交給當時與他一起創辦公司的夥伴胡品弘，以及長子戴億衡共同掌管多年。

就算想要使用這樣的邪術，也沒有足夠的行動力。

換句話說，就算戴世忠真的是幕後黑手，他也需要一個很重要的幫手，如果想要向上追查，就一定要先找到這個幫手，而小琳認為張本皇很可能就扮演著這樣的角色。

但是幕後黑手真的會是戴世忠嗎？

以目前來說，小琳也不敢確定。

但是，只要讓她逃出這裡，她發誓不管幕後的黑手是誰，都要讓他接受法律制裁。

在確定了通道沒有那些無頭鬼與無頭屍之後，小琳揮了揮手示意小柏過來。

「你還好吧？」小琳問小柏。

「這沒什麼，」小柏慘白著臉，身體還微微顫抖地說：「更恐怖的情況我都面對過，這還算小兒科。」

小琳苦笑。

雖然跟小柏認識不超過半天，但小琳覺得這人可能是自己見過最單純的人。

畢竟很少有人那麼會吹牛，不管什麼情況都說自己遇過，其他不說，光是他那一見到無頭屍就躲到女人身後的膽量，就讓她懷疑他說的話有半點真實的可能性。

不過小琳並不打算當面拆穿他，畢竟對一個愛吹牛的人來說，最討厭的就是被人當面揭穿。

兩人繼續向前走，但是通道好像永無止境，蔓延在無盡的黑暗之中。

2

在這種昏暗又密閉的環境之中，讓小琳完全失去了時間感。

小琳不知道自己已經到這裡多久了。

畢竟自己被襲擊也不知道是多久之前的事情了，就連頭上的傷口也已經習慣，完全失去了痛覺。

兩人走在這條彷彿沒有盡頭的通道時，生理方面的飢餓感與乾渴感也逐漸甦醒。

小琳覺悟到如果兩人再不逃離這裡，就算沒被那些鬼魂或無頭屍所殺，也會活活餓死在這裡。

一想到這裡，小琳就不禁驚慌。

這時候她特別慶幸後面還跟著一個小柏，這讓她感覺還沒有那麼絕望。

兩人小心翼翼地走了不知道多久多遠，也經過了不知道多少個怪異的房間。

兩人曾經見到一個全部都是金屬，連牆壁都是不鏽鋼打造的房間，也看到過裡面只有一個大水池幾乎佔據了整個地面的房間，這些都是超出一般常識所能理解的。

到底是誰會蓋出這樣的建築，又到底是誰會使用到這些房間呢？

許許多多問題，浮現在兩人腦海之中。

又餓又累，小琳與小柏兩人決定先找個安全的地方休息一下。

除了一開始大家被丟進去的那個密閉房間，小琳摸了半天什麼都沒有之外，這裡的每個房間雖然裝潢擺設怪異，但似乎都有一盞小燈。

「這裡到底是怎麼回事啊？」

在兩人確定房間安全之後，找到了電燈開關將它打開，坐在地上休息一會，小琳忍不住滿腹的疑惑說道。

小柏皺著眉頭，看著眼前這個有如溫室般擺滿了植物的房間。

「你還好吧？」看到小柏一臉嚴肅的模樣，小琳問道：「你嚇傻了嗎？」

「不，」小柏沉吟了一會說：「我以前有個同事很懂風水，我聽他提過這種房間。」

「什麼房間？」小琳看了看四周說：「這種充滿植物的房間？」

「不是只有這間，」小柏比了比前面的那些房間說：「還有我們前面遇到的那些房間，不是有個整間都是金屬的房間，還有那個水池房間嗎？」

「嗯，可是我不知道那些房間跟風水有什麼關係。」

「我記得那個同事說過，」小柏皺著眉頭，努力回想道：「風水主要講的是氣的流動之類的，所以那些房間加上這些通道，我印象中好像可以形成一種叫做……叫做什麼風水格局之類的東西。」

聽到小柏這麼說，小琳也馬上想到了，先前調查到關於風水的那個延命術。難道說這裡真的是風水局嗎？所以凶手真的是創辦人戴世忠為了延續自己的生命，所犯下的案件嗎？

「難怪他們會想要買我的天龍陰玉，」小柏一臉恍然大悟的模樣：「我看多半也是要拿來當成風水的一環用。」

聽到小柏這麼說，小琳挑起眉一臉狐疑地問：「你到底是做什麼的？」

「我？」小柏一臉得意地說：「你不要看我年紀輕輕的樣子，我可是一間事務所的老闆。」

「律師事務所？」小琳皺著眉頭問：「還是徵信社那一類的？」

小柏側著頭想了一會，才勉強地說：「是比較接近徵信社這一類的啦，不過我們處理的事情可不是什麼抓外遇，或調查失蹤人口之類的。」

看小柏神秘兮兮的模樣，實在很難讓小琳相信他做的是什麼正當生意。

正當小琳想要開口的時候，入口附近突然閃過一個黑影，她警醒地看向小柏，但小柏並未注意到，還準備開口繼續發表看法，小琳趕緊一個箭步衝到小柏身邊，用手摀住他的嘴。

小柏先是一臉疑惑，見到小琳的眼色之後，旋即了解情況。

只見那黑影佇立門口，似乎正朝裡面看。

兩人隱身在植物後面，理論上來說，應該不會被看到才對。

那黑影應該是有頭的，並非無頭屍，不過在這種時候，小琳不想要在任何狀況不明的前提之下冒險。

「你們在裡面嗎？」黑影開口說話了，聲音似乎是先前的其中一個男子，也是那三人中唯一還可能活著的：「我知道你們逃上來了，我剛剛也聽到聲音了，你們是不是在這裡啊？」

黑影說完話之後，跨進房間一步，擋住了門口。

一聽到來的不是那些鬼魂跟屍體，而是好端端的人，小柏鬆了一口氣。

但是小琳卻搖了搖頭，示意小柏不要出聲。

如果她沒有記錯的話，這男人正是一開始突然發動襲擊，拿刀想要攻擊自己的人。

小琳示意小柏不要現身，在植物的掩護之下，相信男子至少還要再走個四、五步，才有可能看到他們。

男子又朝裡面走了兩步，開口說：「你們不在這裡嗎？我們需要談一談。」

兩人不敢吭聲，繼續躲著。

其實男子若仔細觀察，說不定可以看出兩人就躲在房間裡。

不過他似乎在忌憚些什麼，以致最後並未踏入房間，就突然轉身，走出了植物間。

在他轉身同時，小柏與小琳清楚地看到，男子身後原來一直握著一把刀，那把刀在昏暗的燈光底下，竟然看得出沾滿了鮮紅色的痕跡。

3

兩人擔心那男人沒有走遠，所以等了好一會兒，才慢慢從植物堆中走出來。

「剛剛真是好險喔。」小柏用氣音在小琳旁邊輕聲地說：「妳看那個脖子被人劃成開口笑的女人，會不會就是他幹的？」

小琳沉重地點了點頭，如果是平常，自己被困在這個不知名的場所，剛剛她或許會選擇放手一搏將他逮捕。

這是一向被方正認為太過於衝動的小琳，常會做的事情。

然而男子的出現，反而讓小琳冷靜下來，知道當務之急不是要跟嫌犯硬拚，而是先找到出路帶小柏逃離這裡。

如果不這麼做，那麼不管男子是不是真的殺人凶手，自己與小柏，甚至連剛剛那男人，可能都會死在這地方。

雖然冷靜下來，但是小琳也有了自己或許永遠都逃不出這裡的悲觀念頭。

畢竟以她的經驗，她看過許許多多的罪犯，也大概清楚犯人可能的做法。

以目前的情況判斷，不管把他們關進這個地方的人是不是戴世忠，幾乎可以肯定的是，對方沒有讓被關進來的人活著出去的意思。

就算沒有那男人以及那些鬼東西，光是這宛如迷宮的風水局，就可以讓小琳二人永遠找不到出口了。

更不用說現在前有殺人凶手、後有吃人鬼怪。

「你剛剛說，」小琳壓低聲音問小柏：「你同事說過這個是風水局，那麼他有沒有告訴你怎麼走出去啊？」

「唉，」小柏哭喪著臉回答：「就算有，我也不會記得的。如果我過去的那些夥伴現在都在這裡就好了，要是他們都在，不要說那些無頭鬼、無頭屍，就算再來幾個妖魔鬼怪，也不會是我們的對手。」

小柏說到這裡，整張臉都垮下去了，似乎很思念過去的那些夥伴。

對於思念這玩意，小琳本身沒有多少感覺。

但卻從自己的上司——方正那邊，得到了很深刻的感受。

她曾經不止一次，看到方正手中握著那個裝有詭異綠色藥水的瓶子，看著窗外一臉思念的模樣。

小琳曾經問過佳萱，佳萱說，那是方正昔日的搭檔離開之前送給他的東西。

小琳一度以為那個搭檔已經死掉了，想不到佳萱說，他的搭檔只是離開台灣，到歐洲去了。

方正的眼神，讓小琳似乎也感受到了那股思念，透過那個瓶子，可以隱約察覺到裡頭一定有許多故事與回憶。

搭檔這件事情，特別對小琳來說，永遠是可遇而不可求的奢侈。

因為小琳的拚勁，很少有人跟得上她的腳步，每個人都把跟小琳搭檔這件事情，當成一種懲罰與詛咒。

曾幾何時，小琳也希望成為別人可以信賴的搭檔。

但現在自己卻只是徒然為他人添麻煩的傢伙。

一想到當初方正將第二組組員交給自己，耳提面命地要她好好照顧組員，自己竟又因為一頭熱，不只使自己身陷險境，也連累了組員們。

她搖搖頭，現在是什麼時候了，自己不能再無謂的陷入感傷，必須振作，否則就真有可能逃不出去了。

畢竟現在最重要的，就是逃離這裡。

小琳拍了拍小柏，要他跟著自己走。

現在比起先前還要更危險了，除了要小心那些鬼怪，還有一個拿刀的殺人犯需要避開。

小琳帶著小柏，小心翼翼回到通道。

在敵暗我明的情況之下，小琳盡可能避免進入房間，只在房間入口檢查一下，確定裡面沒有其他出口後，就離開房間。

這樣一來，就可以降低對方躲在房裡面伏擊兩人的可能。

不過，所有檢查過的房間，只要電燈開關在門口附近，小琳都會將它打開。

一方面是做記號，表示這個房間已經確認過，另一方面也是為了讓那男子產生兩人可能在這個房間的錯覺，好讓他進去搜，拖延逃命的時間。

小琳走在前頭，就這樣一連走過了好幾個房間。

這時彷彿聽到了一點聲音，她本以為是小柏發出來的，轉頭看看他，眼光卻頓時聚焦在小柏身後的通道。

不看還好，一看小琳差點驚叫出聲，人都傻了。

只見原本應該空無一人的通道，這時已經站滿了一堆無頭鬼魂。

雖然不知道這些無頭鬼究竟是怎麼發現自己的，不過現在也沒有時間可以對此思考了，因為他們似乎已經鎖定兩人，正緩慢地朝這邊過來了。

小柏完全沒發現身後的景象，只看到小琳突然停了下來，又發現她神色有異，才跟著轉頭。

才剛要轉頭，小柏就看到一團黑影從側邊冒出，朝小琳衝來。

但小琳完全沒注意到那黑影，小柏也沒多想，立刻推開了她。

這一推，讓小琳還來不及有反應，就看到黑影直直撞上小柏。

她回過神來，這才看清楚那黑影就是他們一直避而遠之的那個持刀男子。

只見男人已經持刀刺向小柏左胸口，而小琳完全無力制止。

這突如其來的巨變讓小琳完全來不及反應，畢竟前一秒鐘，小琳才為了後面追上來的這些無頭鬼魂而驚駭不已，誰知道下一秒鐘，這男人就突然從旁邊冒出來，還用刀刺中了小柏。

男人將刀拔出來，小柏立刻癱軟在地。

男人面露殺氣，舉起刀來正準備補刀。

小琳見狀，也顧不了那麼多了，立刻朝男人撞過去。

原本還想要先解決小柏的男子，完全沒料到小琳會有如此迅速的動作與反應，被她這一撞一連退了好幾步。

「幹！」男人邊退邊咒罵。

小琳這一撞用盡了全身力量，所以撞退男子之後，反作用之下也倒在小柏身邊。

小柏摀著自己的傷口，痛苦地在地上打滾哀號。

小琳撞得頭暈眼花，一時之間還沒看清楚男子被自己撞到哪裡，就聽到了男子的咒罵聲。

知道男子沒事，料想他很快就會再襲擊兩人的小琳不敢大意，勉強著撐起身體，卻突然聽到男子大聲叫喊。

「你們是什麼東西！不要！不要過來！啊！」

小琳定睛一看，原來剛剛這一撞，小琳把男子撞向那群無頭鬼的地方，渾然不知有那群鬼存在的男子，就這樣被無頭鬼包圍，慘遭與女人一樣被無頭鬼挖肉生吃的下場。

小琳趁機檢查了一下小柏的傷口，傷口雖然有點深，但是靠近肩膀，所以應該沒有大礙。

她用力扯下自己的衣袖，幫小柏綁住傷口止血，一邊還不忘觀察那群無頭鬼的動靜。

就在這時候，小琳眼角餘光瞄到了兩人剛剛出來的房間。

原來在那房間深處的天花板上，似乎開著跟最初那房間一樣的洞。

小琳與小柏之前都將注意力集中在房間內部，一直沒注意到天花板附近。

這時看到了跟樓下一樣的洞之後，小琳拉著小柏快速朝那個洞的下方跑去。

身後那群無頭鬼似乎也注意到了小琳與小柏，轉過身朝兩人移動過來。

受到刀傷的小柏，這時左手完全無法用力，於是小琳用自己的肩膀給小柏當踏板，讓小柏先上去，確定小柏的右手搆到上面的時候，立刻用力往上頂，好將他撐上去。

小柏用盡吃奶的力氣，好不容易才爬上去，這時身後的無頭鬼魂已經來到了小琳身後。

小琳正想要後退助跑蹬牆攀上天花板，想不到已經來不及了。

就在小琳不知道該怎麼辦的同時，上面傳來小柏的聲音。

「快點跳上來！」

小柏伸出了右手，要幫小琳一把。

眼看已經沒有辦法助跑，小琳咬緊牙，跳起來抓住小柏的手，奮力用腳頂著牆壁向上爬。

這千鈞一髮之際，小琳順利爬了上來，但原本就已經受傷的小柏，因為這一使力，傷勢加劇，痛得在地上打滾。

原本還擔心那群無頭鬼魂追上來，所以正準備就算硬揹也要揹著小柏逃走的小琳，在確定無頭鬼沒有追上來之後，忍不住大吁一口氣。

兩人躺在地上休息了一陣子之後，小柏撐著牆壁站了起來，小琳則去找照明燈光。

好不容易在牆邊找到了電燈開關，當小琳打開燈光時，映入眼簾的卻是超出她想像之外的景象。

4

燈光一亮，整個水泥房間裡面，顯露出讓人背脊發寒的景象。

一個又一個鐔子，整齊排列在牆上的架子裡。

在每個架子前面，都有一張小木桌，上面除了有牌位之外，還有一個小香爐。

「我知道這裡是什麼地方了，」小琳看著桌上的牌位說：「這是戴家的祖墳。」

不知道是因為害怕，還是失血的關係，小柏一臉慘白地看著四周牌位，臉上盡是不解。

「祖墳？」小柏看著桌上的牌位，愣愣地問：「是誰這麼變態，為什麼要把我們抓到別人的祖墳裡面？」

「都已經到這種地步了，還需要懷疑嗎？」小琳苦笑：「當然是他們集團裡面的人啊！」

小柏皺著眉搖搖頭，不解地問：「這樣做有什麼意義？把我們抓進來這邊，到底對他們有什麼好處？」

小琳把調查案件時，詢問到關於延命術的事情告訴小柏。

小柏聽完之後，慘白的臉上掛著一抹哀戚笑容說道：「這是我的宿命嗎？先是被人當成人柱，現在又被拿來當成生贄，去延長別人的壽命？如果這是我的命，我還真是他媽的偉大，為了犧牲奉獻而出生的啊！」

不知道是太過生氣還是害怕，小柏已經失去了力量，整個人腿一軟，差點就要跌倒。

小琳趕忙扶著小柏，這時小柏輕聲在小琳耳邊說：「妳要找的不是戴世忠爺爺，而是現在的集團董事，戴億衡。」

小琳扶著小柏，穿過了不知道多少個棚架。

如此多的牌位，讓小琳不禁懷疑，就算是戴家的子孫，真的可以明確說出牌位上的人跟自己的關係嗎？

如果這裡是祖墳，下面的那些通道和房間就都能以風水局解釋得通了。

房間的裝潢擺設之所以怪異，是因為它有特殊的用意，而他們也的確看到了像是以金木水火土定調的房間。

另外，因為風水是會轉動變更的，所以每隔一段時間，就必須有人來做些改變及維護，才能確保自己所求能繼續下去，才會每個房間和通道都設有燈光。

不過這些都不是小琳關心的事情，現在最重要的，當然就是帶著小柏逃離這個地方。

既然已經知道這裡是真的拜祭祖墳之處，就應該不會離出口太遠了。

兩人終於走到了盡頭，就在這裡，小琳發現一道淺淺的樓梯。

小琳將小柏先放下來，爬上樓梯，眼前竟出現一堵剛砌好沒多久的牆壁。

從結構來說，這裡應該就是出口了。

可是出口卻被人用水泥封死了，從水泥與旁邊的老舊牆壁對照看起來，應該才剛封好幾天，但水泥已經乾了。

沒有工具的小琳，根本不可能徒手突破這片牆。

好不容易擺脫那些無頭屍與鬼，又躲過了殺人兇手，只差一步，兩人就可以逃出去，現在卻被冰冷的水泥封死了。

不甘心的小琳，手腳並用敲打著水泥封死的牆，打到雙手都破皮滲出了血，雙腳踢到都瘦了，才無力地軟倒在牆邊。

累積整晚的疲憊與不堪，這時化成了淚水，自小琳雙頰滑落下來。

就算現在給兩人一具電話，讓他們跟外界聯絡，恐怕小琳跟小柏能做的也只有交代遺言而已。

因為小琳在調查的時候，已經聽風水師說過，許多企業家或政治家，因為風水的關係，擔心自己的政敵或對手破壞自家祖墳風水，所以祖墳多半都不止一座。

大部分人所知道的，都是假墳。

真正先人的遺骨，則會另外安葬。

在看過這麼壯闊廣大的風水穴，以及數量驚人的牌位後，小琳已經非常肯定這裡就是戴家真正的祖墳，一般人以為的戴家祖墳只是個幌子，因此，就算有人知道兩人被困在祖墳裡，也找不到他們。

想不到最後會死在別人的祖墳中，小琳實在難以接受。

小琳不想讓小柏看到自己哭紅雙眼的模樣，所以在上面待了一會之後，才回到小柏身邊。

小柏渾身無力地靠在牆邊，意識已經有點模糊了。

小琳擔心小柏的狀況，於是拍了拍他的臉。

雖然刀傷不至於失血過多，但此處毫無時間感，加之深入地底，陽光長年無法照入，即使在夏天，溫度還是相當低，連剛剛激烈運動過的小琳都感覺到有點冷，更何況是失血又意識模糊的小柏。

看著小柏衣服上沾滿了血，一想到一路上都很膽小的他，竟會勇敢地為自己擋這一刀，讓小琳整個心都揪在一起。

她現在只求兩人可以安全逃離這裡，不管任何代價她都願意。

「聽得到我說話嗎？小柏，你現在千萬不要睡著啊！」很擔心小柏就此長眠不起的小琳，輕拍著他的臉說道。

小柏在小琳的拍打之下，勉強地張開眼睛。

「跟我說話，這樣你就不會想睡覺了。」小琳哽咽地說。

「妳知道嗎？」小柏虛弱地說：「我從小時候，就一直覺得自己是主角。」

「啊？」

「我的意思是說，如果人生是一場戲或者一本小說的話，」小柏喘了口氣，有點上氣不接下氣地說：「我總覺得自己會是那場戲或小說裡面的主角。」

小琳苦笑回道：「對每個人來說，都是自己人生的主角，不是嗎？」

小柏緩緩地搖搖頭，哭喪著臉說：「我一開始也是這麼想，但是我漸漸地……發現我自己，好像……只是一個配角。」

「你想太多了。」小琳安慰地拍了拍小柏的肩膀。

「是真的，我真的有這種感覺。」小柏哭喪著臉說：「好像自己只是個配角，而且還是不重要的那種。」

小琳看小柏一臉認真酸楚的模樣，也不知道該說什麼，只能苦笑地問：「為什麼你會這麼想？」

「當然是因為我的人生啊，」小柏嘆了口氣說：「妳自己想，有誰會讓自己的主角沒有能力，又膽小，倒楣的事情不斷，最後還被困在這樣的地方，結束一生呢？」

聽到小柏這樣說，一時之間小琳也不知道該怎麼安慰他。

「其實我之前講的都是吹噓，我根本不是什麼事務所創辦人。」小柏無力地說：「只是繼承了這間事務所，結果大家都走了，剩下我一個。」

雖然小琳早就猜到小柏吹牛，卻萬萬沒想到他會在這時候自己承認。

「我很努力想要維持事務所運作，但到後來我才發現，自己什麼都不會，就跟前一代經營者一樣。」小柏言及至此彷彿說到傷心處，語氣有點哽咽地說：「所以我才會說，感覺自己好像沒有用的配角一樣。」

小柏說完，哀戚地閉上了雙眼。

原本鼓勵小柏說話，是希望可以讓他清醒，想不到反而讓他痛苦沮喪。

小琳趕緊叫道：「不是！如果沒有你，我根本不可能活到現在。所以在我生命裡面，你不會是不重要的配角。」

小柏沒有回應，小琳伸手摟住小柏，搖著他的身體。

「小柏，不能睡，你現在睡的話……。」

小琳不敢說下去，這個時候，「希望」是他們最重要也是最微弱的燈火。

「我不叫小柏。」小柏微微張開雙眼，用微弱的聲音說：「對不起，因為一開始不知道妳是敵是友，才會騙了妳。其實我叫小造，黃松造。」

小造說完之後，雙眼又緩緩閉了起來。

這時小琳再也忍不住，哭著拍小造的臉說道：「不行！我們一定可以逃出去的，不要這時候放棄啊！」

然而小造已經沒有了回應。

小琳忍不住抱著小造痛哭起來。

也不知道小琳哭了多久，忽聽得外面傳來一陣悶響。

一開始，小琳以為那些東西又追上來了，便收拾起哭聲側耳細聽。

接下來又傳來一陣悶響，這次小琳非常確定聲音是從上面傳來的。

「小琳！妳在不在裡面？」

隔著一道水泥牆，外頭正是那讓人安心又熟悉的聲音。

小琳喜極而泣，大聲對著出口叫道：「大隊長！我在這裡！」

外面方正似乎也聽到了小琳的聲音，立刻要手下快點破牆。

小琳用力搖著小造，對小造說：「小造，救援來了，快醒醒啊！」

可是不管小琳怎麼搖，小造卻沒有半點回應。

小琳心急地對著出口大叫：「大隊長！快點！快點救救小造啊！」

「小造！不要啊！」小琳用盡最後的力氣希望可以叫醒小造，但是小造已經沒有任何反應了。

第5章・善與惡

1

方正等人在鬼半仙的指引之下，終於在最後一刻來臨前，順利找到了戴家的祖墳，也救出了小琳。

在將同樣被困而失去意識的小造送往醫院急救後，方正原本希望讓小琳也住院休養。但小琳堅決反對，並執意要立刻到企業本部與戴億衡當面對質。

方正考慮了一下，如果戴億衡真的就是小琳口中所說的幕後黑手，在對方還沒有得知小琳平安脫逃的消息前，就去當面跟他對質，確實可以殺他個措手不及。

另一方面，方正從小琳的眼神中也察覺，她的執著已經燃燒到極點了，就算真的命令她去就醫，說不定中途就會跳下救護車，直接一個人殺過去。

為了追查小琳的行蹤，方正在搜山同時，也尋求其他台北的分局協助。

當時他也懷疑該企業的高階主管可能與小琳的失蹤有關，所以特別央求其他分局，追蹤該企業高階主管的行蹤。

在與分局通過電話之後，方正確定戴億衡還在企業本部，便分派兩個小組成員留在祖墳這邊，蒐集相關跡證，而方正與小琳等其他人則立刻趕回台北。

等到眾人回到台北的時候，夜幕已經低垂。

確定戴億衡仍在辦公室之後，方正帶領著小組，直搗本部。

眾人在到達本部時，也都被那讓重重鬼魂包圍的本部嚇了一跳。

彷彿知道這將會是一場大戰，就連包圍著本部的鬼魂們，也宛如會旋轉的瀑布般，繞著大樓開始騷動起來。

原本依照創辦人戴世忠的指示，公司應該由他的長子與胡品弘共同掌管。

但因為這已是十多年前的指示，而胡品弘也因年事已高，在這幾年中逐漸脫離了決策層。所以目前來說，公司的董事長，也就是實際上主管一切的人，就是戴世忠的長子戴億衡。

小琳率先衝入董事長的辦公室。

不愧是國內無人不知、無人不曉的大企業董事長辦公室，豪華的吊燈與典雅的裝潢，牆壁上還掛著超大尺寸的電漿螢幕，在寬敞的辦公室最深處，則是一張碩大威嚴的辦公桌。

戴億衡就坐在辦公桌後面，四平八穩的模樣彷佛正等著眾人到來。

由於戴億衡的臉，三不五時就會出現在電視上，所以眾人不需要引介就認出來了。

「原來你們就是大名鼎鼎的方正特別行動小組啊。」在聽到眾人表明身分後，戴億衡側著頭，極度不屑地說。

光憑他現在掛在臉上的表情，就足夠讓小琳抓狂，恨不得衝上去賞他兩巴掌。

但是小琳知道，像這種案件，如果在這個階段辦案有了瑕疵，很可能會毀了大家所有努力，更會讓現在生死不明的小造白白犧牲了。

「怎麼現在警察都跟流氓一樣，」戴億衡用手指揉著自己的太陽穴，皺著眉頭說：「帶著一大群人衝到我辦公室，想給誰下馬威啊？」

「抱歉，」方正站出來說：「戴董事長，我們是來辦案的，我們這邊有一些案件，希望可以跟您當面確認一下。」

戴億衡上下打量了一下方正，冷笑了一聲說：「你就是白方正吧？原本還以為你會是個人才，想不到……」戴億衡搖搖頭說：「看來你們警界現在真的沒人了，連你這樣的人都可以升到這等官位。」

看到方正被侮辱，讓小琳更為光火，指著戴億衡說：「你這麼說大隊長，我可以告你妨害公務還有公然侮辱。」

「告我？哈！」戴億衡臉上仍然是寫滿了不屑：「你們自己跑來我的辦公室給我侮辱，怪我嗎？歡迎你們去告，不過我看你們還是多擔心擔心自己吧，你以為你們這樣硬闖我的辦公室，可以全身而退嗎？」

聽到戴億衡這麼說，小琳正想要開口反擊，卻被方正揮手制止。

「所以你是不願意配合調查囉？」方正板著臉問。

「配合！」戴億衡拍著桌子站了起來說：「為什麼不配合？」

想不到戴億衡會這麼說，方正等人臉色微變，不知道他葫蘆裡賣什麼藥。

戴億衡走到自己辦公桌前，一副神氣的樣子，把手盤在胸前靠著辦公桌說：「如果我不配合你們，會被人以為我怕了你們這些烏合之眾，那有多丟人啊！」

方正特別行動小組是警界最神秘、破案率也最高的組織，卻被戴億衡批得一文不值。

如此囂張跋扈的人，方正這輩子還真沒見過。

只見所有人臉色都鐵青著，就連方正特別行動小組被稱為最冷靜、全身包得密不透風只露出一對眼睛的楓，也惡狠狠地瞪著眼前這個囂張至極的男人。

「我不像你們，連自己對手是誰都搞不清楚。」戴億衡冷笑地說：「我很想好好跟你們玩玩，只可惜，我的每一分鐘，都比你們這些賤民每小時加起來還要值錢很多倍。所以，我沒時間跟你們慢慢玩，這樣吧，我幫大家節省一點時間，咱們速戰速決吧！」

聽到戴億衡這麼說，方正正準備開口，想不到戴億衡比他搶先一步。

只見戴億衡拍了拍手，辦公室的側門應聲而開，裡面一排八個人，魚貫走了進來，排成一列站在旁邊。

「來，別客氣，」戴億衡瀟灑地用手比了比八人一列的隊伍說道：「高矮胖瘦男女老幼都有，看哪個不順眼就挑他，別擔心，他們都會乖乖承認任何你們想要他們認的罪。」

戴億衡手下這些人，就好像早就排練好似的，只待在方正等人面前，上演一齣精采的戲。

「你們現在要抓什麼？」戴億衡裝模作樣地側著頭，然後指著小琳說：「喔，傷害你們那個女警的犯人，是嗎？」

戴億衡隨意地指了隊列中的一個男人，那男人立刻面無表情地上前一步。

「就是他好了。」戴億衡點了點頭。

看到戴億衡如此囂張，毫不避諱就把方正等人的來意給說了出來，眾人一時之間不知道該如何反應。

看到方正等人沒有動作，戴億衡反而嘲諷地笑了笑，揮揮手說：「不要客氣，立刻逮捕他啊！」

戴億衡大笑幾聲之後，又接著說：「還有什麼？把人關進我戴家祖墳的凶手？哈哈哈哈，就你們兩個好嘍！」

戴億衡順手揮了揮，被他點到的一男一女也同樣面無表情地向前跨了一步。

「你們說，我是不是最好的公民呀？」戴億衡攤開雙手得意地說：「幫你們這些無能的警方解決多少案件？對了，我剛剛看到新聞，好像在屏東有個婦人被殺了，想來你們警方應該也抓不到人吧？來，就你了，就當日行一善，幫幫這些人。」

辦公室裡面，就好像戴億衡的個人舞台般，他囂張跋扈的模樣，已經將眾人的怒火燃到了極點。

「沒關係，你可以再囂張一點。」小琳咬著牙說道。

聽到小琳這麼說，戴億衡臉上的笑容一僵，旋即露出猙獰的面孔：「哼！妳以為你們是誰啊？一群賤民！有幸可以跟我共處一室，就已經是你們祖上積德了。妳以為人生來平等嗎？我呸！那是你們這群豬用來安慰自己的話。」

小琳聽到戴億衡這麼說，不怒反笑，用動作代替一切。

那是一支錄音筆，白方正趁隙遞給她的。

小琳從進來就一直開著，所以剛剛戴億衡所說的話全都被錄起來了。

不需要小琳多作解釋，戴億衡當然也一眼就知道那是什麼東西。

只見戴億衡不改誇張的本色，立刻向後一跳摸著自己胸口，裝模作樣地說：「天啊，這賤女人竟然偷錄音耶，我好怕喔，怎麼辦啊？」

戴億衡說完之後，臉色一沉，從西裝外套口袋掏出了一個銀色的金屬裝置。

只見他冷冷一笑，然後朝裝置按了下去。

與此同時，小琳手上的錄音筆突然砰地一聲，冒出了煙與火花。

小琳見狀驚慌地想要按下播音，可是錄音筆已經壞了，完全沒有反應。

「哼，」戴億衡冷笑說：「你們使得這些小兒科、小手段，真以為可以對付得了我嗎？」

想不到小琳的錄音筆竟會這麼簡單就被戴億衡毀了，讓所有人的驚訝全寫在臉上。

看到對手一敗塗地，戴億衡更加得意了，他笑著說：「再讓你們看看更精采的。」

戴億衡轉身拿起了遙控器，然後打開掛在牆上的電漿電視。

電視上面，出現的正是這間辦公室，戴億衡正平靜地坐在辦公桌後面。

電視上面放映的，似乎是監視器之類所拍下來的畫面。

但是這時螢幕上的身影，卻讓眾人倒抽一口氣。

只見畫面上突然出現小琳隻身闖入辦公室裡的畫面。

大夥紛紛轉向小琳，她卻搖了搖頭。

這是小琳生平第一次踏進這間辦公室，而且還是跟著大家一起進來的，她什麼時候自己闖入這間辦公室了？

下一秒，畫面中的小琳竟然突然掏出槍，並且朝著辦公桌後面的戴億衡開槍，戴億衡狼狽地躲到桌子後面，旋即幾名警衛立刻進來，將小琳制伏在地上。

「呵呵，」戴億衡無比得意地說：「這畫面真精采啊，我不只會送到法院去，還會寄到各家電視台聯播。」

「這是假的！」小琳叫道：「我根本沒來過這間辦公室！」

「哈哈哈哈！」戴億衡笑得放肆：「真的、假的，很重要嗎？告訴妳吧，當這個影帶被送到法院去當作證據，你們又能如何呢？台灣沒有足夠的技術進行分析，所以只能送到美國去分析。」

戴億衡轉過身來，臉上露出陰險的表情奸笑著說：「但是，幫我做這個影像的人，正是美國的那些分析人員啊！哈哈哈哈，他們都是我花大錢請來的幫手。」

聽到戴億衡這麼說，所有方正特別行動小組的成員都慘白著臉，無言以對。

「你們現在知道了吧！有錢的我，對你們這群賤民來說，就是神啊！」

輸了。

這是方正特別行動小組有史以來遭逢的最大失敗。

的確，就證據面來說，無論他有沒有耍這些卑鄙的手段，即使沒有，相信光憑他的律師團，就可以讓這個案件毫無勝算。

方正感到無力且憤怒，在這個時候，他痛恨自己沒有能力為部下做些什麼，也痛恨自己沒有辦法將這樣的惡徒繩之以法。

戴億衡讓方正認清了自己，即便有陰陽眼也一樣，他終究無法像任凡一樣，對付這樣的惡徒。

空氣就好像冰一樣冷，整個時間也彷彿凍結了。

同樣的無力感與憤怒感，幾乎灌滿了所有方正特別行動小組成員的胸膛。

但是，只有她，決定中止這一切。

她是小琳，只見她從腰際掏出槍，並且將槍口對準了戴億衡。

「既然都會被誣陷，那我就要你血債血償。」

見到小琳如此，戴億衡第一次失去鎮定與笑容，他沉著一張臉瞪著小琳。

「小琳，妳這是幹嘛？」小琳突如其來的動作，讓方正驚慌地想要阻止。

「他說得對，大隊長。」小琳哭喪著臉說：「對不起，我們對付不了他，想要制裁他最好的辦法，就是在這邊把他斃了。」

「小琳，妳瘋啦！」佳萱這時也看不下去了。

楓立刻舉起槍，對準了小琳。

阿山見到這個狀況，也立刻掏出槍來，只是阿山不知道該指向誰，一會指著小琳，一會又指向戴億衡。

而小琳的槍口，動也不動地對準了戴億衡。

佳萱心急地看著方正，希望他可以有辦法解開這場僵局。

「我沒有瘋，」小琳恨恨地說：「如果在這裡殺了他，一切都會結束，這樣就不會再有無辜的人為了他們家而犧牲了，對不對？」

「對，但是我們也會失去妳。」佳萱說。

「值得！」小琳毫不猶豫地說：「如果犧牲一個我，就可以讓他下地獄，讓那些被他控制的鬼魂，討回一點公道，那就夠了。」

楓看著方正，只等著他下命令。

一旁的阿山苦著一張臉，似乎很不忍心用槍對著小琳。

因為擁有特殊狀況而不能配槍的阿火，更不知道該如何是好地站在一旁。

所有人都在等方正開口，這時不可思議的事情發生了。

「呵呵呵呵。」

方正笑了。

想不到方正竟然在這個時候笑了，讓所有人都傻了眼。

「哇靠，」阿山立刻貼到阿火耳邊說：「這實在太刺激了，連大隊長也瘋了。」

「我沒有瘋，」方正笑著說：「我只是想到，前幾天署長邀請我去參加的一個活動。」

「啊？」所有人難以置信地張大了口。

「我記得有個來賓致詞，不知道是牧師還是神父，什麼基督教、天主教我分不清楚，不過他講了一句話，讓我印象很深刻。」方正揉著太陽穴說：「他跟大家說上帝不會違法，我一聽就覺得好笑。一個神的僕人，竟然告訴我，他的神不會違背我們人世間的法律，人還真是高傲啊！」

方正聳了聳肩，慢慢走向小琳。

「事實上，不是神會遵守我們的法律，而是我們永遠無法逃過神制定的法律。我們躲不了生老病死，更逃不了是非善惡。」方正一派輕鬆地說：「在其他人面前，或許我不會這麼說，但是在你們面前，我會說，你們應該比其他人更清楚，這個世界上有個更高、更超然的法律，在約束著我們。」

方正好像早就準備好演講稿似的，回過頭來問大家：「這就是大家所說的，舉頭三尺有神明，不是嗎？」

小琳的槍口仍然對準著戴億衡，但是臉上卻少了那份堅定的表情。

「凡事都有代價，他的一切都會有報應的。」方正輕輕地將手放在小琳的槍管上面，將槍慢慢往下壓，說道：「但是，不是由我們來執行。」

看到方正平安化解了危機，就連戴億衡都鬆了口氣，這時卻突然傳來了一個老婦人的聲音。

「說得好。」

這聲音方正與佳萱一點都不陌生。

咚咚咚，熟悉又讓人恐懼的聲音，傳進了在場的每個人耳中。

眾人回頭，只見到借婆就站在門口。

「借婆？」

借婆揮了揮八卦杖，示意方正讓開。

借婆直直走到戴億衡面前，側著頭問戴億衡說：「你以為你們家的一切，是因為你們高人一等的關係嗎？不，那都是有人弄亂了這條因果線，所以你們才得到這些不屬於你們的東西。」

「臭老太婆，妳在這邊靠么什麼？」戴億衡指著借婆罵道。

「嘴挺臭的，」借婆瞪著戴億衡，然後輕輕杵了一下杖罵道：「我准你開口了嗎？」

想不到借婆這一杵，竟然讓戴億衡的嘴巴如被針線縫住一般，想開口也張不開。

「你以為你天生就與眾不同？你以為你的命天生就好？這一切都是應該的嗎？」借婆不屑地說：「哼，別的不說，光是你的愚昧，不只是不見棺材不掉淚，而是見了棺材，都還不知道大難臨頭。」

高傲的戴億衡無法接受就這樣讓眼前的老太婆繼續肆意說下去，不能動口那就動手，戴億衡雙腳一蹬，突然就朝借婆惡狠狠地撲了過去。

「放肆！」借婆怒斥一聲，八卦杖隨手一敲，戴億衡的身上就像多了數百倍的重力往下壓，整個人瞬間平貼在地上，完全無法動彈。

雖然已經看過類似的場面，但每次看見借婆施法的結果，方正還是會被震懾到倒抽一口氣。

借婆看著因為無法動彈而驚慌不已的戴億衡，冷冷地說：「你的父親接下來必須三世貧賤，那是他換來權力的代價。但是你，為了繼承你父親的權與錢，竟然玩弄了別人的性命，褻瀆了別人的靈魂，你的代價是淪為畜牲。竟然用這麼陰險的風水術對付自己的父親，還真是大逆不道到了極點。」

「對付？」

借婆這話一出，在場所有人都面露不解之色，為什麼戴億衡竟是用延命術來對付自己的父親？

「你們以為他為什麼要延續自己父親的生命？你們看他像是孝順的人嗎？」借婆用手杖指了指周圍說道：「是為了你們看到的這一切啊。他父親老早就知道這孩子有多邪惡，所以一直很不喜歡他，他認為這孩子不長進就算了，還陰險、心眼極小，是個十足的小人。他父親對他厭惡至極，甚至連遺囑都特別註明，在他死後要將經營權讓給與他一起創辦企業的胡品弘！而他買通了自己父親的律師，知道了遺囑的內容，由於他父親擔心他搞鬼，所以特別請多位律師公證。在無法變更遺囑的情況之下，他所想到的方法，就是用這種惡毒的風水術，延續自己父親的生命，只要能讓他父親活得比胡品弘還久，他就可以名正言順繼承他父親的一切。這種人，為了自己的權力，什麼事情都做得出來。」

想不到一切的真相竟是如此，讓方正等人驚訝不已。

「但是，這些都不是你應得的！」

借婆突然臉色一沉，八卦杖高高舉起，然後用力敲在地板上。

2

距今約四百年前——

一個晴空萬里、豔陽高照的日子。

人們臉上掛著幸福的笑容，過著怡然的生活步調。

這裡是府內最平靜溫馨的一角，更盛傳是全國唯一沒有人挨餓受凍的地方。

繁華的市集裡，在熱鬧的叫賣與聊天問候聲中，突然傳來了激烈的爭執。

往來的人們停下了腳步，紛紛往那與周圍氣氛迥異的不協調處看去。

一名年輕小夥子砰地一聲從店鋪裡摔了出來，一臉氣憤地跌坐在地。

「你罵便罵，動什麼手啊？」年輕人拍拍屁股站起身來，不忘摸摸自己摔痛的地方，忿忿地對著店鋪內叫囂。

「我供你吃供你住，你卻一天到頭摸魚打混，你有沒有良心啊？」貌似那小夥子的老闆，邊說邊走出店外，指著眼前的年輕人罵道。

「那是歇息！」年輕人辯駁道：「我一日到頭勤奮工作，誰知你全不給人喘個氣，不過是正巧被你看見，何必這麼凶？」

「哼，這麼巧，我連續三天來這，你都剛好在歇息？我付工資莫非是供你休息之用？」

「正是，就怪我自己運氣不好，可否？」

「你在店內不招呼客人，只顧著跟人聊天，又是怎麼回事？」眼看年輕人死不認錯，周老闆漲紅著臉說：「你以為我閒著無事老愛找你碴？就是聽到了客人怨懟啊！」

「我兄弟同樣也是客人，凡事總有個先來後到，既然他們先到，我自然得先招呼他們，這也錯了？」

年輕人做什麼都有理由，話講得理直氣壯，讓周老闆氣得直跳腳。

「臭小子，你可別敬酒不吃吃罰酒，勿再耍嘴皮子！」

「哼，大不了不幹了！此處不留爺，『黃善人』也會養我！」

說完，年輕人頭也不回地轉身就走。

留下周老闆一個人氣呼呼地站在門口，想留人也不是，不留，店裡又沒人照顧，只能乾瞪著逐漸遠去的年輕人背影，卻什麼話也說不出來。

由於這樣尷尬的場面實在少見，在場也沒有人敢站出來表示意見或安慰。

隨著年輕人的身影沒入遠處人群中，消失在市集盡頭，現場圍觀的人群也低下頭，若無其事地一一散去。

是啊，普天之下有誰會不知道這府內最有名的「黃善人」？

其人姓黃，樂善好施，不求回報，是窮困人家的救命恩人，此外為人和藹可親，平常人家也與他交遊甚歡，因此眾人為他冠上了「善人」的美名。

因為黃善人，這裡才能充滿歡樂的氣氛，大家不必為了掙口飯吃而感到痛苦或傷了和氣，慕名遷來此處居住的更是大有人在。

方圓十里之內，不，就連遠在十里之外，尤其是許多窮鄉僻壤，都知道在府城裡有這麼一位被稱為黃善人的大好人。

任何人只要是餓到前胸貼後背，不問貴賤，不需要任何條件，都可以上門乞討，黃善人必定會溫飽他的肚子。

每逢佳節過年，甚至還會熬煮比往常更加豐盛的粥，邀請大家一起來吃，這種特殊節日裡，即使是有能力餬口的人，也可以一起共同享用，讓大夥感受熱鬧氣氛。

這對無家可歸的遊民以及出門在外的遊子來說格外溫暖，許多人都很感念黃善人的善心，而他的善行也令他聲名遠播。

只是，如今府內竟有人仗著黃善人而不願工作，這或許是連黃善人自己也始料未及的。

3

和煦的陽光投射進屋內，讓陰暗的屋子瞬間有了一點活力。

這是一間破舊不堪的屋子，內部擺設簡陋雜亂。

屋子裡，一名陰鬱的男子緩緩轉過頭來，瞇著眼望向窗外，即使受到了耀眼的陽光洗禮，仍舊感覺不到一絲溫暖。

當初懷抱著夢想，拋下雙親，毅然決然赴京趕考，為的就是要一舉成名天下知，想不到卻連年落榜。

五年前，曹晰獨自一人來到府城，已經誇下海口非得到功名的他，如今落榜自然無顏回去，因此便在郊區找了間廢棄的破屋住了下來。

「恕罪，相公至今功名未成，奴家恐誤了相公前程。」

這句話是曹晰鼓起勇氣，託媒人向心儀的對象表明心意時得到的結果。

一句話敲醒了曹晰。

是啊，功名未成，一個窮酸讀書人什麼都不是。

鎮日待在家裡埋頭苦讀，靠的都是父母供養。

就連自己心儀的對象，也是閒暇時出去散步、偶然相遇過幾次的女子。

他的生活貧乏至極，更沒有謀生能力，憑什麼娶妻成家，讓另一半幸福？

由於家裡世代務農，雙親不希望自己走上和他們一樣，沒有前途，一輩子就只有種田的路，因此從小就要曹晰努力讀書，總有一天能熬出頭。

如今曹晰的確是飽讀經書，卻一事無成，就連種田也不會。

原本還盼望能在家鄉辦個私塾教孩子讀書，然而鄉下地方根本沒人有意願讀書，就算想讀書也寧可遠赴外地拜名師，沒有人願意留在這裡跟個連秀才都不是的書生求學。

曹晰逐漸認清了現實，不赴京獲取功名，這輩子就只能當個落魄書生，種田也比現在的自己踏實多了。

再者，拒絕了他的女子，算是富裕之家的千金，他希望自己考得功名，當了官有身價之後，再回鄉迎娶這位姑娘。

豈知離鄉五年，年年落榜，不說功成名就，讓人對他從此改觀，就連家鄉都不敢踏回去一步，怕遭人笑話。

就在今年年初，想想自己這麼久沒回家，說來也不孝，終於還是決定回家一趟，看看家裡的情況。

想不到等著他的卻是令人傷心的噩耗。

自己的父母在兩年前早已因病相繼過世，但因為沒人聯絡得到曹晰，讓他無法回家奔喪見雙親最後一面。

而當年他心儀的女子，在他離開後不久也嫁作人婦，現在都已經是三個孩子的母親了。

日月如梭，歲月不待人，家鄉人事已非，自己卻仍然一事無成。

雙親為了醫病，什麼都變賣了，連房子也留不住，最終什麼也沒留給曹晰。

但曹晰並不怨怪他的父母，反倒是自責自己的無能與不孝，更恨上天安排了這樣不幸的命運給他。

回想起至今的日子，悲哀的人生讓他感到陰鬱，此刻的陽光更令他覺得刺眼，這樣的光明實在讓曹晰不自在。

咕嚕——

三餐不繼的曹晰，已有整整兩天沒吃東西，只到河邊喝了點水果腹解渴。

雖然大家盛傳府裡有個黃善人，餓了去找他就行，但曹晰一直不願意低頭去乞討，讀書人像個乞丐一樣去跟人討食太恥辱了，成何體統？

雖然沒有人真的恥笑過曹晰，但他的自尊心卻讓他自卑已極，總覺得自己只是條喪家之犬。

過去，曹晰還曾自認自己是讀書人，層次跟其他人就是不一樣。然而到頭來自己卻是最沒用的一個，人家寧可選個做工的或種田的嫁了，也不願意和讀書人在一起，這讓他受到不少打擊。

現在竟然還得去跟人家要飯吃，簡直是奇恥大辱！

曹晰吞了吞口水，再怎麼樣都要忍下來。

看著滿屋子散落四處的書籍，曹晰不禁懷疑這些書真能改變他的人生嗎？

心中起了許多雜念，一堆心事困擾著曹晰，再加上即使想忽視卻一定會出現的自然生理反應，讓他無法專心讀書，因此決定出去走走散心。

4

熱鬧的市集裡，來了一位極具影響力的大人物。

只要他經過的地方，沒有人不停下手邊的事情歡迎他。

不需要任何人強迫，所有人看到他都會自然而然地露出笑容，向他問好。

而這位眾人眼中的大人物也非常具親和力，總是笑臉迎人地與大家打招呼。

「哎呀，黃大善人，什麼風一早就把您給吹來啦？」周老闆臉上堆滿了笑容歡迎黃善人的到來：「前幾天才剛補貨不是嗎？」

由於黃善人時常煮些東西分發給貧苦人家吃，間接也成了市場上不少店家的大客戶，店家們也很樂見他帶來的良性影響。

「呵呵，都說別老叫我善人了，多不好意思啊。中秋快到了，先來採買點，好讓大家吃得開心啊！」黃善人的語氣謙虛，模樣也一點都不虛偽，說完馬上就挑起了食材。

周老闆先是笑著點了點頭，隨即一邊介紹推薦，一邊陪著這位大客戶一起挑選。挑完食材，周老闆難得全程自己來，從記下種類和數量，一直到最後的收錢記帳，就是不見周老闆吩咐下人去做。

這時候黃善人才終於注意到店裡只有周老闆一個人，周老闆平時不常出現在店內，就算在店裡至少還會有個請來做工幫忙的夥計。

「周老闆，怎麼店裡今天只有你一人啊？」黃善人不解問道。

聽到黃善人這麼問，周老闆回想起昨天的小夥子，臉立刻沉了下來。

「黃善人，啊不，我是說黃兄，您的善行可以說是無人不知無人不曉，可是……」周老闆欲言又止。

「可是什麼?別客氣，有話直說。」

「是這樣的，在我店裡當夥計的小夥子，接連好幾天被我抓到摸魚打混，我氣極唸了年輕人幾句，沒想到他火氣倒大，竟然撒手不幹，說什麼反正有黃善人在，不工作也餓不死人。」

聽到周老闆這麼說，黃善人愣住了。

「黃善……黃兄，您可別誤會，我完全沒有說您不是的意思，只是，唉，年輕人不懂事，都不知道把別人的善心當成什麼了。」

周老闆眼見黃善人驚訝不知所措的樣子，趕緊說些話緩和。

黃善人沉默良久才終於開口，一臉難以置信地問：「他真的這麼說？」

周老闆看著黃善人認真的模樣，嘆口氣，點了點頭。

「這樣啊……」黃善人沉思一會，緩緩地說：「我知道了，多謝告知，我定會避免類似情事再發生。」

自己的一番好意到頭來卻只讓人墮落，變得好吃懶做，黃善人納悶，為什麼自己當初沒有想到這一點。

黃善人住家和市集有些距離，交通、集結也不方便，因此發放食物的地點並不是在自家附近，而是選擇在市集邊緣。

這樣不但不影響市集做生意，也方便大夥兒前來集合領取。

不過也因為如此，黃善人本人通常是不會出現在發放食物的場合，一方面是不便，另一方面也是為了避免因自己出現而發生脫序場面。

為善之初，黃善人每回必到，親自發放食物，但久而久之，竟有人利用黃善人的善心，下跪央求他幫忙其他事情。

身旁的人告誡黃善人，絕對不要做過多多餘的事情，否則很可能一發不可收拾。

然而黃善人不忍心拒絕，最後還是答應了他的請求。

有一就有二，有二就有三，除了食物上的救濟，越來越多人祈求他更多方面的救助。一天，黃善人終於承受不住了，心有餘而力不足的他，在首次拒絕協助之後，想不到得不到幫助的人，竟四處貶抑黃善人。

幸虧黃善人平時做盡善事，絕大部分的人都相信黃善人只是力不從心，這才讓他清醒，了解當初身邊的人提醒的含意。

雖說好心有好報，但黃善人不求回報，他只求不要再節外生枝就好。

自此之後，黃善人就退到了幕後，除了過年這等重大節日，否則他是不會親臨現場的。

也因此，黃善人已經很久沒看見發放食物的情形，只要沒有傳出什麼不好的消息，他也就當作事情圓滿順利。

沒料到現在竟然有年輕人不肯工作，等著領取自己的善心食物，這讓黃善人無法接受，如此一來自己豈不成了敗壞社會風氣的元凶？

回家途中，黃善人不斷思考著這件事情。

就這樣梗在心裡也不是辦法，既然如此，事不宜遲，他決定今天中午發放食物時親臨現場，一探究竟。

5

一路上，來來往往的路人，個個都露出幸福洋溢的表情。

母親帶著小孩一起出門，有說有笑的，親子間的互動關係良好。

一起打拚工作的男人們，忙碌卻有明確的奮鬥目標，似乎也沒什麼額外的煩惱。

年輕人則彼此交流，看起來相談甚歡。

不愧是傳言中全國最平靜溫馨的地方，這和諧的氛圍也影響了曹晰的心境。

原本還對自己坎坷的命運感到忿忿不平，現在卻覺得或許這是老天給自己的磨練，是讓自己蛻變的一個契機。

曹晰突然想起了韓信的故事，忍辱負重，才能成得了大事。

韓信和自己一樣，父母雙亡，刻苦讀書卻苦無生計，只能跟熟人要飯吃。

除了胯下之辱，韓信也曾經跟河邊洗衣的老婦人要飯吃，老婦人不僅給了他飯吃，也告訴他大丈夫應該立志，不能成天依賴別人。

老婦人對韓信所說的話，在他人看來或許是鼓勵，但在曹晰眼中卻是可憐韓信沒志氣的侮辱之詞。

然而韓信卻忍下了屈辱，成就了大業。

曹晰相信自己也能做得到，忍一時，先填飽肚子才有機會讀書做事。

這想法影響了曹晰，讓他為之振奮，決定面對一切，放下尊嚴，積極向上。

曹晰甚至開始對人稱的黃善人產生了正面的評價，說不定就是因為黃善人，才能讓這裡及附近的人們毫無後顧之憂，年輕人可以放手一搏，老人、婦女與幼兒可以生於安樂。

不知不覺，曹晰邁開了步伐，一步步朝著市集的邊緣過去。

他一邊還想著，如果能見到黃善人，他必定要好好答謝一番，待有朝一日自己有了成就，便和韓信一樣，回來報答黃善人。

市集邊緣，長長一條人龍排隊等著，附近商家早就習以為常。

排隊不是為了哪家店的商品，而是為了領取免費的食物。

這邊的人們不是像餓狼般的難民，看到食物就爭相搶奪撲食。

相反地，他們靜靜地排著隊，有規矩、守秩序，因為他們都知道，只要好好排隊，依著隊伍前進，不管排得多後面都還是領得到東西吃。

然而，今天人龍卻騷動了起來，不只排隊的人們，就連附近店家都探出頭來窺望。

沒錯，因為今天來了一位不得了的人物，不是什麼大日子，黃善人卻親自來了一趟。

「是黃善人耶！」

「在哪呀？」

「就是那位啊！」一名老婦人指著站在人龍最前端的黃善人。

大夥兒興奮地議論了起來，能夠親眼看到傳說中的仁德之人，況且又是自己的貴人，當然是件值得高興的事。

而其中沒有見過黃善人的，現在終於見到了，那份激動與感恩之情更是溢於言表。

附近店家也出來湊湊熱鬧，看看今天究竟是什麼日子讓黃善人親臨現場。

黃善人一邊和拿了食物向他道謝的人們回禮，一邊四處張望。

看著這條長長的人龍，裡頭排隊的盡是老弱婦孺。

看樣子周老闆說的那年輕小夥子只是少數個案，而他也只是隨口說說，並不是真的要當個廢人乞討過活。

這下黃善人安心了許多，正當心中的一塊大石頭即將放下之際，他赫然發現遠處一名面容憔悴的年輕男子，逐漸朝這個方向走來。

這個人不會是要來領飯吃的吧？

黃善人情緒相當複雜，看他的樣子日子應該過得不好，想必已經挨餓許久，但年輕人不去打拚，來這跟人要飯吃成何體統。

男子猶豫了一下，挺起了胸膛，站到人龍最後面，加入了隊伍。

在確定男子是來要飯的之後，黃善人重重地嘆了口氣。

黃善人並沒有立刻採取任何行動，他希望男子在排隊這段期間，看到隊列裡盡是老弱婦孺，能夠良心發現、回心轉意。

然而男子卻似乎已經下定決心，頭也不回，跟著人龍越走越前面。

黃善人搖了搖頭，回想起自己的過去。

在這時代，幾乎家家戶戶都務農，自給自足的情況下，卻還是有人活不下去。

黃善人小時候就是在這樣吃不飽的家庭長大，而附近人家也比他們好不到哪去，因為這裡土壤能夠種植的作物有限。

一天，有個外地人來到黃善人的家鄉，長期遊歷下來肚子實在餓得受不了，正巧找上了黃善人，向他討點東西吃。

想不到才吃一口，旅人大為驚異，直說他從來沒吃過這麼好吃的東西。

起初黃善人也不以為意，因為這東西在他們這邊相當常見，沒什麼好稀奇的。

後來生活越來越難過，黃善人想起了旅人，認為在他們這邊習以為常的作物，在別處或許是個寶，因此決定將自家的田地全都改種同一種作物，大量收成後帶到其他地方去賣。

這是一場豪賭，但黃善人願意嘗試，失敗了只要再重新來過就行了，怎麼樣也不會比現在糟，頂多又回到原點罷了。

而這場賭注，一開始黃善人賠了點本，之後找對了買賣方式，不僅讓他回本，還開始賺了錢，且越賺越多，直至今日成為地方上的有錢人家。

黃善人之所以出名，不單是他的善心，還有他的經濟作物開創了商業性農業，為地方人們帶來一線生機。

回過神來，那名年輕男子已經近在咫尺，再過幾個人就輪到他了。

黃善人自己也經歷過窮苦生活，但他不曾如此墮落，依舊靠一己之力創造出一片天地。老弱婦孺比較沒有能力改變現狀，這他很能體諒，但他無法接受年輕人自甘墮落。

終於，男子來到了黃善人面前。

「我這裡沒有能夠給你的東西。」黃善人板起臉來，用嚴厲的口吻說道。

黃善人從來沒有不給人東西吃的前例，在場所有人聽到這句話，全都愣住了，一旁負責舀湯的工人驚訝得差點連湯勺都要掉了。

當場所有人全部轉過頭來看著男子，雖然早已做了心理準備，但男子仍覺羞愧。

男子吞了口口水，正想說些什麼，黃善人卻說起教來了。

「年輕人手腳健全，本應自食其力，來這跟人乞食，你不覺丟臉，我都替你父母難為情。」

從剛才眾人聊天的內容及行為舉止，男子不難推測眼前說話的人正是黃善人。聽盡了他人對黃善人的好話，相信他絕對不是個刻薄之人，想不到第一次來就碰壁了。但男子認為，只要把自己的狀況告訴黃善人，他一定能夠諒解。

「黃大人，我今天會來到這裡是有苦衷的。」眼見黃善人依然臭著一張臉，男子發現還沒自我介紹，有失禮儀，補充說道：「啊，敝姓曹，單名晰，如此這般——」

「不知上進之人還敢如此放肆，恐讓雙親也為你蒙羞，年輕人就該自食其力，什麼理由都只是藉口！去，這裡沒有東西能給你。」

黃善人在曹晰來到他面前之初，就已經想了很多，揣測他可能來這裡要飯的各種原因。但黃善人始終無法找出個他認為合理的原因，又想起周老闆提及的年輕人心態，致使曹晰即使想要解釋，黃善人也聽不進去。

對黃善人來說，年輕人不肯吃苦反到此處要飯，他自己也感到很罪過，之所以生氣，有一半也是氣自己讓年輕人產生了偏差的價值觀。

「哈哈哈！」曹晰嘲諷似地大笑了幾聲：「之前小生聽說黃先生善名遠揚，原來竟是個連聽人解釋的肚量都沒有的假善人，傳聞果不可信！」

黃善人聽了瞪大雙眼，想不到這年輕人不知羞恥，還反過來說他的不是。

周圍的人們也開始竊竊私語起來。

「你可知要來跟你要飯，小生內心多有掙扎，此番作為絕非我所願！」曹晰惱羞成怒地叫道：「原來當著眾人面前羞辱人，才是你此舉的真正目的！我看你也不過只是個偽善之人，發放食物供人吃，應該也是別有用意的吧？使小錢而坐抬自家聲望，哼，何樂不為？」

「你！」想不到現在的年輕人如此不受教，黃善人向來脾氣好，一時之間氣得連話都說不出來，想罵也不知道該罵些什麼。

「你什麼？我已經告訴過你我的名字，切勿忘懷，他日若小生有幸得了功名，也絕不會忘府裡有這麼一個偽善的黃善人。」

曹晰說完，不等黃善人反應，轉身就離開了。

他沒辦法像韓信一樣忍辱負重，不，是黃善人不給他機會跟韓信一樣。

最讓曹晰氣憤的是，要嘛不給飯，揮揮手叫他離開，要嘛侮辱幾句，還是給個飯吃，然而黃善人今天不但不給飯，還羞辱了他一頓，這口氣他實在嚥不下。

命運讓生活及價值觀渾然不同的兩個人，在這裡有了交集。

一個是家財萬貫的大善人，一個是飽讀經書的落魄書生，此刻的兩人或許完全沒有想到，自己將會嚴重改變對方的人生。

6

三年後——

深夜，昏暗的月光下，府內是一片寂靜。

窗外傳來幾聲狗吠，叫得凶猛。

女子探出頭來，環顧四周，什麼也沒看見，狗吠聲也停止了。

應該沒什麼事吧？

女子才剛遠離窗邊，窗外遠處有一人影快速掠過。

一大清早，外面就傳來了嘈雜喧鬧聲。

黃善人跟隨鄰居帶領，來到了離住家小有腳程的自家農地。

此時田邊早已聚集許多民眾，大夥原本對著田裡指指點點，一見到黃善人，立刻鴉雀無聲，自動讓出一條路來。

黃善人穿越眾人來到最前面，映入眼簾的，是好幾隻口吐白沫，身體出現奇怪斑點的死狗。

是意外還是惡作劇？

警告意味濃厚的威脅？

難道有人要對他不利？

黃善人想了老半天，一點頭緒也沒有，他完全不明白，為什麼會有這麼多死狗出現在自己田裡。

終於清理完屍體，想起那幾隻狗不尋常的死法，感覺這片作物也被汙染了。

黃善人決定將死狗底下一畝田裡的作物全都作廢，雖然損失慘重，但這關係到食用者的健康，他不得不犧牲。

將心比心，有誰會想吃壓在屍體下面，或是滲入屍水的作物呢？

就算吃的人不會知道，黃善人也絕不做這等缺德事。

就這樣，距離幾隻野狗離奇死在黃善人的田裡已經好幾個月，直至今日什麼事也沒發生。

黃善人依然每天發放食物給窮困的老弱婦孺，平時有空就到處走走，看見貧苦人家便救濟一下，給予資源、金錢或人力上的支援。

黃善人的善心依舊，聲望也依舊。

日正當中，黃善人來到以前來過的一戶貧窮人家。

雖然在偏遠地區，但這附近的人們也一樣認識黃善人。

黃善人的大駕光臨，讓他們感覺蓬蓽生輝，居民都笑得合不攏嘴。

「鄉親可曾用過飯？」黃善人親切地微笑，問著出來迎接的居民。

「黃善人，您來得正好，我們正要吃午飯呢，不嫌棄的話，請一起用餐吧！」

「這怎麼使得？我已吩咐家丁準備妥當，切勿操煩我等餐食。」

黃善人知道這邊的人們日子不好過，自然不願意隨意到人家家裡吃飯。

「吃個便飯而已，不礙事的。」

「那這樣吧，我也帶了點吃的，咱們就別分你的我的，大夥一起吃。」

黃善人很清楚這邊民風淳樸好客，為了避免讓他們破費，自己也事先準備了許多食物，本來就有意讓大家分著吃。

當眾人正準備一起享用午餐，遠方卻來了四名不速之客。

「那個叫什麼黃善人的，可在此處？」遠道而來的其中一名陌生男子大聲問道。

眾人一臉莫名，這些人看起來不像是要來乞討的，反倒有種來者不善的感覺。

「我就是。」大家還來不及做進一步的反應，黃善人就先跳出來承認。

大夥轉過頭去看了黃善人一眼，有人擔心，有人驚訝，有人嘆息，似乎都認為黃善人如此直接不太妥當。

然而黃善人自認自己行得正，不怕有人找麻煩。

「請你跟我們到衙門走一趟。」四名男子亮出了證明，表示他們是官府派來的捕快。

黃善人聽了，臉一沉，靜默許久。

其他人反而比黃善人要來得激動，一個個衝上前去劈頭就問四名捕快究竟是怎麼回事。

「干底何事，全退下！」一名比較壯碩的捕快大吼。

「勿與小民計較，自辦吾等之事即是。」另一名看起來最斯文的捕快，出手制止了壯碩的捕快，轉過頭來對著老百姓說道：「桌上餐食可曾吃得？沒吃最好，已經吃了的快去吐掉。」

眾人面面相覷，不知所以。

斯文捕快看大家一臉不解，繼續說道：「方才有人吃了你們口中說的黃善人發放的食物，中毒死了。」

所有人一臉驚異地轉頭看著黃善人，黃善人也是一臉訝異。

「中毒的可不止一個，只是目前死了一個，其他人尚在救治。」四人中皮膚最黝黑的捕快一派看戲似的口吻說道。

「發放的食物怎會有毒？」這下黃善人也急了，他的東西吃出問題來，絕對不是他樂見的。

「中毒之人全吃了你今天晌午讓人在市集邊發放的食物，領了還沒吃的沒事，領了也吃了的卻都中毒了，你可有說法？」眼看黃善人愣住了，毫無反應，捕快又補充道：「其中不少人今日一整天就只吃過你發放的餐食，不是那東西出問題，難不成是那人在你食物裡下藥，服毒自盡嗎？」

黃善人沒有辯駁的理由，自己向來很注重衛生，怎麼會發生這種事情？

「沒什麼好說的了，要說去衙門說個清楚！」

看黃善人像失了魂似的毫無反應，四個捕快互望，使了個眼色後，一起將黃善人架走，留下了一群不知所措的居民。

7

「你的田地不乾淨，還硬要收割作物，此舉便於心有愧！」

府城推事，也就是今日所謂的法官，正一副高高在上的樣子，審問著黃善人。

「冤枉啊，大人，草民一直都很注意，絕無可能有不潔之物混入善食啊！」

「那就是你自己在食物裡下了毒？」

「大人，草民發放善食已有多年，為的就是讓所有人都能填飽肚子，好好過活，既然如此，又怎會在食物裡下毒呢？」

黃善人才剛解釋完，差役便上前來，在推事耳邊說著悄悄話。

「剛剛有消息說，幾個月前，你的農田裡出現了幾隻死因不明的野狗？」

黃善人愣了一會，結巴答道：「是、是的大人，但草民皆已妥善處理，那幾隻死狗下一畝內所有作物，小的全都清理掉了。」

「要怎麼證明你清掉了？」

「我和幾名工人一起清理的，他們能幫我作證。」

「不成，你可能已經買通僕工了不是嗎？」

黃善人無言以對，雖然自己並沒有這麼做，但的確無法證明。

「那幾隻野狗，是不是口吐白沫，身上還長了奇怪的斑點？」

黃善人又瞪大了雙眼，吞吞吐吐回應道：「是、是的。」

「你可知道吃了你的食物死亡那人，死狀是何模樣？」

黃善人搖了搖頭，頓悟似的露出了「不會吧」的表情。

推事冷笑說道：「看樣子你是猜到了，沒錯，就跟那幾隻死狗一樣，口吐白沫，身上出現奇怪的斑點。」

「絕無可能，那一畝田以外的作物，我也有吃，吾等怎生沒事？不可能跟那些作物有關！」

「放肆！是誰准你在衙門大聲大氣？」推事不悅地大力敲了桌子幾下：「我問什麼你再答什麼，沒要你說話就別開口。」

「可是大人，這真的是冤枉啊！」黃善人已經管不了那麼多，大聲喊冤。

「多說無益。來人啊！把他押下去！」

黃善人深知事情不妙，這樣下去對自己只會越來越不利，但如今已身陷囹圄又能如何呢？

夜晚，相當於現在縣長的地方知縣，帶著幾名隨從一起來到黃善人家中。

「夫人，黃先生恐已經無法脫罪，本官特前來告知。」知縣眼神飄忽，口中說著一貫的官腔，神情卻表露出一副漠不關心的樣子。

「不！大人，請您要救救我相公，他真的是無辜的，我們都是無辜的……」黃夫人哽咽說道。

「本官管不著那等事，不過，幾個證據都對黃先生相當不利哪！若他果真犯下案來，身為朝廷命官，領的是朝廷俸祿，說什麼也不能讓他脫罪，您說是吧？」知事語氣嚴厲，似乎不能通融。

眼見事情毫無轉機，知縣也不讓黃夫人有任何求情的餘地，黃夫人只能在一旁默默掉淚。

「這姑娘是……」

知縣突然開口，黃夫人順著知事的眼光看去，躲在內室探出頭來偷瞄的，正是自己的女兒。

「是小女黃月。」黃夫人轉過頭去，就怕女兒偷窺的舉動惹知縣不高興，趕緊對著知縣說：

「小女不懂事，有冒犯之處，還請大人原諒。」

知縣不作回應，直盯著黃月瞧。

直至該說的事情都說完了，要離開前，知縣仍舊心不在焉地往內室看去。

黃夫人見狀，立刻會意，也請女兒出來一起送行。

待知縣等離開後，黃夫人緊閉門窗，小心翼翼地將女兒帶到房間裡。

「月兒，妳擔心妳爹嗎？」黃夫人問。

黃月點了點頭。

「如果現在只有妳能救得了妳爹，妳願意嗎？」

「當然願意。」黃月睜大雙眼，看著母親，用力地點了下頭。

然而，當母親告訴她應該怎麼做的時候，黃月有些猶疑了。

「不會有錯的，那眼神，那樣子，知縣大人肯定很喜歡妳。」黃夫人拉起了黃月的手緊握著。

「可是……」

「妳爹的命就掌握在妳手裡了，妳不想救他嗎？」黃夫人一邊激動地說著，一邊眼淚又不自覺地滑落下來。

黃月痛苦地閉上了雙眼，秀眉一皺，緊閉的雙唇終於緩緩張開：「我知道了……」

※

「喝呀，都來這裡了，就別拘束了，來，乾杯。」知縣舉起了酒杯大喊。

一旁，精心打扮的黃月，忙著幫喝酒的眾官員斟酒。

正要為乾杯完的知縣倒酒，知縣突然一把摟過黃月，手臂環繞著纖腰，手掌撫貼著翹臀，眼光則停留在她的雙峰之前。

「美人，今天可是妳說要謝我們為妳爹的事忙了這麼久，怎麼一臉愁容呢？」知縣心知肚明，黃月找他們出來的原因只是藉口，但還是故意調侃了一番。

黃月驚慌地震了一下，隨即鎮定下來，與眾官員陪笑閒聊。

酒席結束之後，黃月帶著佯裝喝醉、實則酒酣耳熱的知縣，來到附近的客棧休息。

黃月正愁知縣醉了該怎麼跟他談父親的事情，想不到知縣其實酒量很好，正非常清醒地坐在床邊看著她。

「妳不是有事要跟我說？」知縣抬起頭來，對愣在門邊的黃月說。

黃月吞了口口水，緩緩點點頭，走到知縣面前。

「坐。」知縣拍了拍床：「我剛剛已經說過，都來到這裡，就別拘束了。」

本以為知縣這句話是說給跟他一起來的下屬聽的，原來也是對自己說的，黃月聽話地坐了下來。

「如果我沒猜錯，妳應該是想救妳父親才來的吧？」

「求求您，放了我爹吧！該怎麼做，你們才能放了我爹？」既然都被說中了，黃月直接了當地表示。

知縣盯著黃月的臉，這回甚至還伸出了手去撫摸她的臉頰。

「那就要看妳的表現囉，小美人。」

知縣一邊說著，一邊把黃月抱到自己腿上坐，目光從臉龐落到胸前，接著便牽起了她的手，在手背上親吻了一下。

這樣的暗示已經很明顯，黃月也早就有這樣的心理準備。

她抿了抿嘴唇，強忍內心的激動，站起身來，慢慢褪去自己的衣裳，羞澀地跨坐到順勢躺下的知縣身上……

※

「真是抱歉啊，夫人，我們還是無能為力，推事大人決定將黃先生判處極刑。」

話一說完，知縣迅即離開了黃善人家，留下哭得死去活來的母女倆。

為什麼？為什麼已經把一切給了知縣，事情卻絲毫沒有改變。

黃夫人尤其哭得歇斯底里，自己竟然如此天真地賠上了女兒，這讓她幾近崩潰。

隔天一早，黃夫人帶了一只大麻袋，來到巡撫官邸。

一個時辰過後，黃夫人空著雙手，靜靜地步出官邸，望著天空，喜極而泣。

當天晚上，巡撫親自駕了馬車來到黃家。

母女倆與巡撫忙了好一段時間，搬了好幾個麻袋上車後，巡撫這才又駕車離開。

原來，黃夫人嚥不下這口氣，一狀告上了權力大過今日所稱的省長，是為當時地方首長的巡撫。

為了舉發知縣的罪狀，並洗刷丈夫的冤屈，即使傾家蕩產，黃夫人也在所不惜。

她把家裡所有財物全都給了巡撫，只求巡撫能替她們討回公道。

豈知事情隔了兩個星期，毫無進展，完全不見巡撫有任何動作。

黃夫人再度找上了巡撫。

「這事急不得，妳告發的可是知縣，一縣之長啊。雖然這個縣在我負責的府底下，但少了知縣，不僅我辦事麻煩，縣裡的事情也難處理啊，待我找個好時機再來辦這個案子吧！」巡撫對黃夫人揮了揮手，示意要她先退下。

「這事不能等啊，巡撫大人，我家老爺就快被處決了，再不辦就來不及了，請您一定要幫幫我們！」

黃夫人大喊著，卻硬是被人拖了出去。

雖然巡撫沒有講明，但黃夫人已經認定這事再也不會有下文了。

正所謂官官相護，有什麼樣的長官，就有什麼樣的下屬。整個縣、整個州，甚至整個府全是貪官汙吏，這是黃家，不，是國家的不幸，既然盡是一些腐敗官員，不如靠自己來證明。

在傳出他們的食物有毒之後，糧倉裡所有的食物就全被查封扣押了。但也只有糧倉的部分被沒收，那批被指控有問題的食物，當天黃夫人自己也取了一些回家，準備拿來做三餐，保留在家中的食材並沒有被收走。

那天黃家一家三口都吃過用這批食材做成的早飯，就是沒問題，但傳出吃死人之後，黃夫人雖不認為是自己的食物出了問題，心裡卻總是毛毛的，因此也就沒拿這些食材做飯了。

如今都已經失去了那麼多，就算食材真的有毒，吃死了也無所謂。

黃夫人決定拿自己做實驗，親自到衙門吃這些被說是有毒的東西給大家看，好證明這一切毒物之說都是子虛烏有。

到衙門前一晚，黃夫人鐵了心，不想再拖累女兒，自己默默地在膳房準備著。

若食材真的有毒，她一個人揹罪就行。

突然，幾名一身黑衣的男子闖入，迅速壓制了黃夫人。

黃夫人連大叫都來不及就被堵住了嘴，雙手綑綁於身後。

黑衣男子們小心翼翼地將黃夫人拖到屋外，妥善處理過她掙扎的痕跡，並把她準備好的東西全都帶走。

自此之後，再也沒有人見過黃夫人。

黃月在不知道能夠找誰幫忙的情況下，再度找上了知縣。

然而這次黃月卻是把知縣當成凶手，認為一定是他知道母親找上巡撫的關係，為了滅口才擄走自己母親。

「不，本官並不知曉。」知縣說得斬釘截鐵。

黃月惡狠狠地看著他，但知縣毫無畏懼，看起來也不像是說謊。

「我想妳娘應該是認清了下毒的事實，因而畏罪離開。」

「不可能，娘跟我都很清楚，爹一定是被陷害的。」黃月淚流滿面地說：「你怎能這般狠毒，不但要害死我爹，連我娘也不放過！」

「話可不能這麼說，判刑的是推事，而妳娘，我不過就是告知妳父親的審判結果，何來陷害之說，本官才最是無辜啊！」眼看黃月已經說不出話來，知縣繼續說下去：「妳爹已是將死之人，妳娘又生死未卜，妳年紀輕輕一個女人家能做什麼呢？接下來的日子該怎麼辦妳可想過？」

幾天下來，黃月一無所獲，就算母親真的遭遇不測，她又能怎麼樣？

回想起知縣說的話，現在家財已經散盡，雙親後果難料，就她一個女人家能做什麼？而且還被玷汙過，想早早找個人嫁了都成問題。

自己真的什麼都不剩了。

一想到這裡，黃月就覺得自己已經失去活下去的信心與目標。

來到膳房，回憶起雙親經常在這裡忙著準備食物，總是煮了一鍋又一鍋的粥，準備拿去發放給大家吃。

過去的日子是那麼美好，特地前來表示感激的人們不計其數。

而現在，大家都不敢再與自家有任何關聯，全都冷眼看著悲劇發生。

如今黃月只覺得可笑，她不想期待什麼，也不想恨誰。

看著晾在一旁的庖刀，她冷冷地拿了起來，緊閉雙眼，慘然一笑，毫無留戀地用力往自己脖子一劃，結束了她短暫的一生。

8

「你們是說，那天晚上你們看到有人鬼鬼祟祟地出現在他家糧倉附近？」推事問。

「是的。」幾名證人異口同聲回答。

「那你們又如何得知那個人不是黃家的人？」

「回大人，那身形實在不一樣啊！」其中一名線民回答。

「深夜裡你們又怎麼能分辨清楚？」

線民們面面相覷，似乎被問倒了。

「你們是否能確定那人身分？」推事一臉凶惡，厲聲說道：「隨口胡說可是死罪，說話可要小心了。」

證人彼此使了幾個眼色，才終於有人膽怯地回答：「這……小的相信那不是黃先生，但沒法確定。」

「不確定的事就不用多說了，你們下去吧！」

幾天來街上謠言四起，說是有人到黃善人的糧倉下毒，想陷害黃善人。

黃善人畢竟遠近知名，算是相當有影響力的人物，從縣到州到府，整個地區的人民都很關心這個事件。

這件事當然也很快傳到了巡撫耳裡，他立刻找來了知縣。

「那黃善人的案子可是你辦的？」

聽到巡撫這麼問，知縣抖了一下。

根據他派人打探的消息指出，聽說黃夫人打算找巡撫告狀，但巡撫這邊一直沒有動作。

之後不久，黃夫人就銷聲匿跡，直至目前都下落不明，這讓知縣放心不少。

想不到今天巡撫還是找上門了，一旦巡撫知道了真相，自己的官途恐怕就要到此為止了。

「是，案子是在下官管轄區之中。」知縣一臉心虛。

「我不清楚你們案子辦得怎麼樣，不過四處都有些傳言哪！」巡撫坐在位子上，一邊喫茶一邊說。

「大人，您聽到的那傳言八成是假消息。小的認識那囚犯，他其實是個偽善人，處處收買人心。那幾個證人小的正在調查，肯定是他找來的。」知縣揮汗解釋道。

「哼。」巡撫冷笑一聲，站起身來一把拎著知縣的衣服，神情認真地對知縣說：「他一定得死。」

嗯？

知縣感到錯愕，他沒聽錯吧？

「我說，那個黃善人，他、一、定、得、死。」巡撫指著知縣鼻子，一字一句強調。

臨走之前，知縣眼角餘光瞄到了巡撫官邸有幾只和屋內擺飾不相襯的麻袋。

注意到知縣的眼光，巡撫語重心長地告訴他：「為官要乾淨俐落，不要留下後患，你可要好好記住了。」

「是、是。」死裡逃生的知縣，唯唯諾諾，謹遵巡撫的話。

回程的路上，知縣不斷回想，為什麼巡撫要黃善人死？那幾只麻袋的用途是什麼？還有他最後告誡自己的那句話，似乎有什麼特殊含意。

終於，把一切都串連起來，知縣想通了。

黃夫人的確找過巡撫，而且不惜傾家蕩產，然而巡撫只是貪圖他們家的財產，收了賄卻什麼也不做。

這件事絕對不能讓它流出去，所以黃家人一定得死。

知縣了解巡撫話中隱含的意思了，要盡快且徹底根除可能毀了自己的一切，千萬不能留下後患。

雖然另有其人下毒嫁禍的謠言不斷，但官府仍執意要辦黃善人。

黃善人雖然人在牢裡，但也得到了消息，他不懂，為什麼都有這樣的傳言了，衙門卻不傳喚他去問個清楚，還是堅持要定他的罪。

就在黃善人百思不得其解的時候，知縣支開了看管牢房的獄卒，來到黃善人面前。

「大人，您終於相信草民是無辜的嗎？」黃善人激動地衝上前來，他們終於願意相信他是清白的了。

知縣愣了一下，忍不住笑了出來。

「大善人，我是來見你最後一面的。」知縣冷冷地說。

黃善人徹底僵住了，為什麼？案子不是還不明朗嗎？為什麼就要他死？

「草民不明白，官府打算無視外頭眾多傳言？小人真的沒有下毒，小人是無辜的啊！」黃善人忍不住吼道。

「是誰下的毒不重要……。」

聽到知縣這麼說，黃善人非常震驚。

真正下毒的才是凶手，才該入獄被處刑不是嗎？為什麼說是誰下的毒不重要？

「重要的是你還記得我嗎？」

知縣的表情扭曲，像是憤恨，像是恥笑，也像是哀憐。

「看樣子你是徹底忘囉！大善人。」知縣啐道：「給你個提示吧，還記得三年前，有個落魄書生跟你討個飯，你不但不給，還當眾羞辱了他一番嗎？」

經知縣這麼一說，黃善人想起來了。

那是他第一次，也是唯一一次拒絕給人飯吃。

事後黃善人也的確後悔過，為什麼自己當初不聽那年輕人說說他的理由呢？

說不定他真有什麼苦衷，而自己當時卻被情緒左右，一心認為對方只想吃閒飯。

黃善人點了點頭，猛然一驚，看著知縣瞪大了雙眼。

「沒錯，我就是你說的那個不求上進的人！」知縣惡狠狠對著黃善人大吼。

「大人，小的知錯，小的很後悔，是小的不識相……」眼看知縣完全沒有息怒的跡象，黃善人跪了下來：「小的不知天高地厚，小的自己掌嘴！」

黃善人苦著一張臉，不斷用力呼自己的巴掌，打到兩邊臉頰都紅腫了。

「有錢了不起嘛，有錢就可以任意給人定罪，就可以決定一個人的尊卑貴賤是吧？」

「不，小的不敢。」

「怎麼不敢？當初大善人就是這麼對我的啊！」

黃善人不敢多說什麼，他知道知縣正在氣頭上，現在多說只會越描越黑。

「雙親去世後，我便失去了一切，一個人離家，寒窗苦讀，無人聞問。」知縣越講越激動：「跟你要飯這等令人羞愧的事情，於我可是掙扎許久，怎耐鼓起勇氣跟你討飯，不給飯就罷了，還當著眾人羞辱我。我當下對天發誓必要考取官職，來證明你的錯！」

「是，小的知錯，小的真的知錯了，求您放過我！」黃善人哭著求饒。

「你記得我的名字嗎？」

突然問了這麼個不相干的問題，黃善人吸了吸鼻子，愣了好一會。

「當時我警告過你了，要你記得我的名字，你記住了嗎？」

黃善人心虛地點了點頭。

「是嗎？如果你記得我的名字，怎麼會不知道我就是當初被你羞辱過的人呢？」知縣咬牙切齒地說：「因為我是知縣，你才會知道我的名字吧！」

的確如此，黃善人低下了頭，像是默認了。

正所謂十年寒窗無人問，一舉成名天下知。

而知縣曹晰日以繼夜等待的就是這一刻。

現在他已經當了官，而且職位還不低，世人看他的眼光也徹底有了改變。

當初家鄉那令他心儀的女子，對現在的他而言還看不上眼呢。

曹晰並不如自己期望中跟韓信一樣，現在他有了權力，就是要黃善人拿命來償。

當然，曹晰並不認為自己有錯，這一切都要怪黃善人自己。

黃善人不像韓信遇到的洗衣婦人一樣給他飯吃，未曾給過他任何東西。

然而曹晰也不像韓信一樣，把羞辱他的人請來當中尉。

他決定報復，君子報仇十年不晚，他等的就是這一刻。

「大人，下毒的真的不是我，請您行行好，放過我吧，等小的出來一定會好好給您賠不是。」黃善人不死心，苦苦哀求。

「我說過下毒的是誰不重要，就算下毒的是我那又怎麼樣？」曹晰不客氣地說：「我就是要你知道被誤會、被羞辱的感覺。」

事實上，命人去下毒的正是曹晰。

那天晚上，因為附近野狗對著準備要去下毒的陌生人狂吠，男人因為害怕被發現，隨手就拿起預藏的毒藥撒在食物上餵狗吃。

而這幾隻被毒死的野狗，男人一時也不知道該如何處理，便把牠們搬到黃善人田裡丟棄。

解決了野狗之後，男人偷偷潛入黃善人的糧倉，原本要對裡面的食材下毒，想不到卻被人撞見，只好落荒而逃。

若當時黃善人的女兒黃月在窗邊多留意一些時刻，或許就會發現他了。

然而命運就是如此造化弄人。

日子一天一天過去，卻不見黃善人的食物出問題。

曹晰找男人來訊問，男人受到了脅迫，害怕如果不達成任務，自己與妻兒的小命很可能不保，只好謊稱自己把毒下在田裡，下次收成的作物就會出問題。

之後男人便一直等待時機，終於有一天，他等到了機會，趁大家不注意之時，在準備發放的粥裡下了毒。

「大人，求您放小的一條生路，往後您要怎麼侮辱小的都無所謂。」

看黃善人如此低聲下氣求饒，曹晰雖然竊喜，但他還是覺得不夠。

「黃大善人，或許你還不知道，你的妻女都已經死了。」曹晰冷冷地說：「你的妻子被人姦殺後棄屍，女兒也在前幾天自盡了。」

聽到這樣的消息，黃善人毫無反應，不，是已經痴呆，完全不知道該怎麼反應了。

「有錢人家的女兒就是不一樣。」曹晰想起了家鄉他心儀的那富家女：「或許是有錢買胭脂吧，比一般女人漂亮，皮膚也好上許多。就這麼死了還真是可惜啊！」

曹晰故意說這些，黃善人當然也聽出來，自己的女兒已經被他碰過了。

「你不是人！為什麼要對我女兒出手？你針對我就夠了，為什麼連我的家人都不放過！」黃善人激動不已。

「是你女兒自己送上門的，她以為這樣就能救得了你，真是太天真了。」

黃善人像隻凶猛的老虎，朝曹晰撲了過來，但中間隔了鐵柵欄，他又能如何。

「喔，對了，黃夫人也為了救你出去，傾家蕩產去找巡撫大人幫忙，誰知道……」曹晰故作哀憐地搖了搖頭：「錢給了，事情卻沒解決，還被人姦殺了。」

「是你吧？下毒的其實就是你，殺了我妻子的是你，逼死我女兒的也是你，對吧！」

曹晰挑了挑眉，搖了搖頭。

黃善人猜對了一部分，只有他的妻子不是曹晰做的，而是巡撫做的。

為官要乾淨俐落，不要留下後患。

巡撫收錢的事不能有任何人知道，但給錢的人一定知道，那麼只好乾淨俐落地處理掉這個可能成為後患的人了。

「家破人亡，你就算活著也沒有意義了，不是嗎？」

曹晰丟下了這句話，冷冷地哼了一聲，離開了牢房。

只留下崩潰的黃善人，一會捶打地板，一會拉扯鐵欄杆，不斷咆哮著。

9

那條通往行刑場的道路是如此的漫長，走這段路的時間就好像他的人生那麼久。

為什麼？

為什麼自己這輩子盡心盡力行善，卻只因為對個書生說了幾句就被玩弄至此。

道路兩旁聚集著圍觀民眾，幾乎所有人都認識他黃善人，裡面更不乏他曾經救濟過的人們。

囚犯處刑前必須遊街示眾，讓眾人唾棄、鄙視一番，黃善人也不例外。

按理說會有許多人拿穢物或石頭丟砸，並痛罵人犯，然而今天街上擠滿了人，場面卻安靜得可怕。

這些人只是眼神充滿了同情，沒有任何人有任何作為。

「你是怎麼管人的啊？見到了囚犯竟然全無反應？你看他們那是什麼表情，還同情罪犯呢！」到場的巡撫看了相當不滿意：「真是世風日下，難怪這人犯那麼囂張，害死了一堆人還不肯認罪。」

曹晰當然也對這樣的場面不甚滿意，為了討好巡撫，也為了讓自己開心，立刻命人到前面去叫人丟雞蛋砸石頭。

走到佈線之處，終於有人對黃善人丟東西了。只是因為黃善人平時做盡善事，功德無量，沒人願意真心對他扔擲東西，全都有氣無力，輕輕地丟個意思意思。

而被命令要出言咒罵他的人們，也因為實在罵不出口，用詞顯得含蓄許多，音量也幾乎只有站在旁邊的人才聽得到。

大家都相信黃善人是無辜的，即使食物真的有毒，也只是一場意外。然而大家心裡雖然這麼想，卻沒人敢跳出來制止這樣荒唐的判刑。眾人只能目送他前往刑場，為他不曾犯過的罪做補償。

黃善人不禁回想，自己過去那麼努力，做了那麼多好事，究竟是為了什麼？曾經有那麼多人受到他的恩惠，而他換得的卻是家破人亡，自己被冠上莫須有的罪名，還有世人的冷眼旁觀。

在他人頭落地的那個瞬間，他領悟到了。

這世界上的善惡都是屁，有再多的錢也沒有用，只有掌權的人才是一切。

帶著這樣的領悟，黃善人人頭落地，無聲無息地被淹沒在歷史的洪流之中。

離開了人世，黃善人找上了借婆。

他要借的，正是他上輩子所沒有的——「權」。

他希望自己就算沒有權，也能投胎出生在一個可以用錢買到權的時代。

聽完了黃善人的請求，借婆冷冷地笑道：「你以為有那麼簡單嗎？你想要借的，不是你還得起的。」

「因果輪迴自有報，」借婆當然知道黃善人前世的委屈，語重心長地說：「你前世多積善德，來世一樣會出生在富貴人家，然而權這個東西，是你碰不得的。至於那個害你家破人亡的人，自然會在後世還給你，如果你堅持要借這樣的東西，不但會亂了因果，也只是害人害己而已。」

借婆如此婉拒了黃善人。

但是，當八卦杖再次出現在他眼前時，「她」勾起邪惡的笑容說道：「代價是三世貧賤，願意嗎？」

黃善人沉吟了一會，緩緩地點了點頭。

於是八卦杖就這樣敲在地上，回應了他的要求，而因果也在這時被打亂了。

10

於是，黃善人投胎成為了戴世忠。

但是，相對地，當年的曹晰卻在因果的情況之下，成為了戴世忠之子——戴億衡。

可想而知，兩人相處得並不好，但是兩人確實投胎在一個用錢買得到權的時代。

因此家財萬貫的戴世忠，在這個時代呼風喚雨。

可是一直被自己父親瞧不起的戴億衡，最後又再度因為被輕視而對自己的父親施了惡毒的法術。

借婆嘆了口氣，看著被她用法術釘在地上的戴億衡。

他痛苦地掙扎，雙眼充滿了怒火。

跟前世一樣，戴億衡最痛恨的，就是被人瞧不起。

像這樣屈辱地被人壓在地板上動彈不得，對他來說簡直就是奇恥大辱。

「我不能幫你爸解脫，」借婆冷冷地說：「因為那也算是我自己的因果，但是你……」

借婆冷冷地看著趴在地上的戴億衡說：「你造的孽已經太多了，該是時候償還了。」

借婆手中的八卦杖再度高高舉起，狠狠地朝地上一敲。

大地發出了一股沉悶的聲響，戴億衡瞬間消失在眾人面前。

戴億衡只覺得自己眼前一黑，朝下一看，立刻發現自己已經身處高空，正在以極快的速度向下墜落。

就在戴億衡擔心自己就快要摔死同時，包圍著大樓的鬼魂們，終於得到了解脫。

他們一起朝上飛向戴億衡，並且在空中盡情將他們這些年來的恨，全部發洩在戴億衡身上。

而戴億衡的父親戴世忠，也才終於從這漫長的延命咒之中解脫了。

想不到最後竟然是靠借婆，才得以將戴億衡這樣的惡徒消滅，讓方正行動小組的其他成員鬆了一口氣。

但是裡面卻只有佳萱一個人，對借婆極度不滿。

「又是妳，」佳萱白了借婆一眼說：「妳為什麼要這樣一而再、再而三介入別人的因果呢？妳借出去的東西，只會帶來不幸，妳看不出來嗎？」

方正知道佳萱一直對借婆很不滿，所以趕緊安撫佳萱，要佳萱少說幾句。

誰知道借婆卻絲毫不以為意，只有淡淡地說：「當年，敲下八卦杖的人，並不是我。」

借婆留下這句話之後，就消失在眾人面前，只剩下大難不死的隊員，以及數不清的疑問。

11

所謂的大企業，大概就是這樣。

在戴億衡死後，為了企業的永續發展，企業與警方達成了協議，願意撤銷任何對警方的指控。

相對地，也希望這件事的消息可以對外封鎖。

唯一被犧牲的，就只有戴億衡。

企業方面讓他這個已死之人，承擔了所有罪狀。

而小琳等人也找到了當初他施法的方式，作夢也想不到，他竟然把符籙用特殊墨水印在人事表後面，以至於所有在該家企業上班的員工，只要一寫上自己的資料，就等於同意他任意操弄他們的魂魄。

雖然到最後，小琳等人無法找到教戴億衡施法的風水師，但是事情也算到此告一段落。

在案件結束之後，小琳立刻到醫院去關心小造。

雖然醫生都說小造沒事，只是過度疲勞加上失血才會昏迷，相信過幾天就可以恢復意識了。

但是小琳不等到小造張開雙眼，幾乎無法安心。

所以每天下班之後，小琳都會往醫院跑。

終於在第三天的時候，小造好不容易清醒了。

可是當小琳趕到醫院的時候，在小造床邊，竟然多了兩個漂亮的女孩子。

不知道為什麼，小琳自己也沒辦法解釋。

但是看到眼前這兩個女子，跟小造看似很親密地交談，心中的酸楚是前所未有的強烈。

在等待小造康復的這幾天，小琳調查了小造的資料，赫然發現，小造雖然不見得是他所說的，什麼事務所的創辦人，但他可是多金的企業家二代啊！

換句話說，他根本就是大家口中所謂的公子哥。

回想起在墓穴裡面的一切，他對自己說的話，的確沒有幾句真話。

雖然在最後所說的都是真話，但是眼前的這兩個女人跟小造親密的模樣，卻讓小琳覺得有說不出的痛苦。

自己不應該是這麼遲鈍的人，想想他說過的那些話。

什麼超越前一代，什麼跟那個知名企業的少爺是小學同學。

這些不正透露出，他也是出身豪門的證明嗎？

小琳的心中一陣酸楚，然後是羞辱、惱火自己。

在淚水堆積在眼眶之前，她無聲無息地離開了病房，在沒有人發現這樣的痛苦之前，她會自己去癒合傷口。

只是小琳不知道的是，這兩個女子正是幾個月前在荒野，與方正有過一面之緣的洪若晴與楊茹茵。

尾聲

對小琳來說，療傷最好也最簡單的方法，就是投身工作中。

解決了飛頭鬼火案之後，等待著她的，是讓她最頭痛的文書工作。

因為這次事件頗受爭議，雖然最後副署長因身陷賄賂案而無法對方正特別行動小組出手，但是上層對這起案件仍然十分關注。

小琳與自己的組員，幾乎每天都埋首在這期間所查到的資料中。

哪些案件應該轉到哪裡的雜務工作量，都因為小琳的堅持而堆積成山。

「組長，訪客。」當組員這樣喊著小琳時，小琳從文件堆中探出了頭。

「我的訪客？」小琳一臉狐疑。

來方正特別行動小組已經一年多了，可是從來沒有人來找過小琳。

會是誰呢？

小琳走入會客室，一張熟悉的臉孔出現在眼前。

「你為什麼會來這裡？」小琳先是一驚，旋即板起臉孔問道。

小造今天特別梳了個瀟灑的髮型，就連衣服都可以輕易看得出他公子哥的身分。

可是在這瀟灑的外表下，卻藏不住他拙劣的溝通技巧。

只見小造搔著頭，一臉彆扭地說：「我想要……，不是，我想問……，那個……」

看著小造滑稽的模樣，小琳卻仍然板著一張臉。

「那個……，」小造看到小琳的模樣，有點畏怯地問：「在醫院我就一直想，我是不是做了什麼讓妳不高興的事情了，因為那天妳突然不見，然後再也沒來過了。可是我聽護士說，在那天之前，妳幾乎日日夜夜——」

「那是，」不想讓小造說下去的小琳，趕緊打斷他的話說道：「因為那是我的職責。」

小琳不希望小造提起自己在醫院等他康復醒來的日子，這對現在的她來說，等於是在傷口上撒鹽。

「妳還記得我在墓穴裡面跟妳說的話嗎？」小造說：「我說過我創辦，不，我繼承了一家事務所的事情。」

「我不是很想回想在墓穴裡發生的事情。」小琳冷冷地說。

「那天來拜訪我的那兩個女生，就是我當時事務所的夥伴。」小造彆扭地說：「我一直在想妳是不是誤會了。」

身為一個周旋在騙子與惡徒之間的警察，分辨真假一直是小琳所擅長的。

但是，在面對感情的時候，即使最精明的警察，也常常被自己所誤導，畢竟人類不可能像測謊機一樣。

簡單來說，就是因為看到那兩個女人跟小造之間的親密，讓小琳感覺到難堪，為了讓自己擺脫這樣的窘境，她硬是讓小造變成騙子，心裡才會好過一點，也會讓自己更容易放棄。

但是，看到小造這樣子，小琳知道自己的判斷沒有錯。

想到這裡，小琳也不再板著臉孔，反而露出了苦笑。

或許就兩人而言，如果沒有經歷過那一遭，兩個人根本就不會對對方有任何感覺。畢竟兩人的個性，有著天與地的差別，一個急躁、一個扭捏。

可是偏偏經歷過了那一切，讓兩人的心在剎那間有了交集。

「然後呢？」小琳側著頭問：「你要說的就是這個？」

「不，」小造掙扎了一會說：「我是想問說，以後有空可不可以約妳出去？」

「沒有更好的台詞嗎？」小琳挑眉問道。

「這方面我不大擅長。」小造瞇著眼說。

對一個審問過無數過犯人的刑警來說，小造一點都沒說謊，他的確很不擅長這種事。

小造等待著小琳的答案，這一切都看在她眼裡。

「可以，」小琳笑著說：「不過我很忙喔！」

一聽到小琳這麼說，小造的喜悅之情完全展露在臉上。

在沒有人注意的地方，一簇愛的火苗緩緩燃起。
只是就連兩人最後都不知道，在這宿命的洪流裡面，這份情感會有多麼珍貴。

2

一切都已經無法回頭了。
雖然這一切，借婆都知道，但是接下來的，是借婆無法控制的。
她可以讓六月的炎炎夏日，下一場大雪，蓋住那個被冤死的女人屍首三尺，但她無法確定，這麼做是不是真能為女人洗刷冤情。
即使是神，也無法控制人的思想。
就好像當初他來求她的時候，她已經看到了這一切。
她不願意借他，是因為這世界上若有人深受權力所苦，這個人正是她自己。
她閉上了眼睛，回想起一切的源頭。
那個長達萬年以上的遠古記憶，在塵封已久的心中，浮現出來。
在那個一切沒有文字與文化的年代，借婆與她的夫婿，是村裡位高權重的法師。

在那個迷信又無知的時代，借婆與夫婿運用先人留下來的知識，幫助了許多村民。

但是，兩夫婦卻沒有辦法幫助自己的獨生女。

他們的獨生女生了重病，逐漸失去生命。

為了拯救這個獨生女，他們拜天求神。

神應了他們的請求，但是這一切是有代價的。

他們必須承擔無盡的責任。

愛女心切的兩人，答應承擔這樣的責任。

於是，他們夫妻倆得到了操弄因果的權力，也同時換到了永恆的負擔。

他們不能輪迴，也沒有選擇改變自己的能力。

但兩夫妻卻在處理因果上面有了歧見，丈夫強力干涉，解開他人的因果，而借婆卻選擇旁觀，讓人類自行去選擇。

夫妻倆也因為介入因果的方式不同，一個上了天，一個入了地，永遠無法相見。

對借婆來說，權力是種負擔，但是如果再給她一次機會，為了女兒，她還是會做同樣的選擇。

記憶回到了二十九年前——

「我要跟妳借三十年，」女人說：「不，不是借，這是妳欠我的。」

三十年之約，在今晚過後，就只剩下一年了。

而這也意味著，她借婆的壽命，也剩下這最後的一年了。

3

柔和的音樂搭配著讓人感到舒適的燈光，實在讓人很難想像，在半天裡面，一個人的生活可以變化如此之大。

佳萱坐在位置上，剛享用完方正特別招待的餐點，靜靜地享受這一切。

突然之間，四周暗了下來，讓佳萱有點緊張。

遠處，一點燭光在黑暗之中映入佳萱的眼簾。

「祝妳生日快樂，祝妳生日快樂～～」

一切就好像排練好的舞台劇般，四周的客人與服務生同時唱起這首熟悉的旋律。

這時佳萱看到了燭火上面那張熟悉的臉孔。

方正捧著蛋糕，小心翼翼地朝佳萱走了過來。

一直到這時候，佳萱才想到今天是自己二十九歲的生日。

已經忘記上次有人幫自己過生日是多久以前了，驚喜的佳萱眼眶不自覺地泛紅。

雖然在這些日子裡面，佳萱與方正之間的感情，已經超越了一般同事。兩人就好像方正特別行動小組所有組員的雙親般，照顧著小組所有成員，但是佳萱從未期待過方正會這樣做出讓自己驚喜的事情。

或許對兩人來說，最相近的一點就是兩人對於感情這檔事，都不太熟悉。

所以這種從朋友開始發展的情感，對他們來說，再適合不過了。

方正將蛋糕放在佳萱面前，有點彆扭地說：「祝妳生日快樂。」

「謝謝。」佳萱誠心地說，淚水也在這時，從眼眶滑落。

「許個願吧。」方正笑著說。

佳萱低頭許願。

願望是如此的簡單。

她希望這樣的生活與人生，可以一直持續下去。

這一年，在方正特別行動小組，與方正還有其他組員在一起的生活，是她人生最快樂的時光。

她希望這一切都不要改變。

許完願後，佳萱吹熄了蠟燭。

四周響起了掌聲，燈光也緩緩亮起，浮現在佳萱臉上的，是幸福的光輝。

只是這時就連方正和佳萱都不知道，一場他們完全無法想像與面對的風暴，將會在這一年之內席捲兩人，甚至擴散到全方正特別行動小組的成員身上。

因為這是他們的宿命，也是一場他們無法全身而退的戰鬥。

番外之一・宿命的相遇

1

夜幕低垂，萬物都逐漸沉寂下來。

雖然距離一般就寢時間還算早，但附近並沒有多少住家，遠離都市的喧譁，夕陽一落下，這裡的一切就像停止了機能，全都熟睡了一樣。

寧靜的夜晚，男子靜靜地躺在愛妻身邊，看著愛妻安詳的臉龐，他的淚水不禁滑落。

屋頂閣樓的空間昏暗狹小，即便如此，還是好過爬滿了蟲子的骯髒土壤。

他實在不忍心將妻子下葬，只好勉強將她安置在精心打掃裝潢過的閣樓。

這十坪左右大小的空間，不僅擺了一張鬆軟舒適的雙人床，還有許多他的愛妻生前珍愛的裝飾品，櫃子裡盡是收納充滿兩人回憶的東西。

男子暗自下定決心，就在這裡陪著愛妻繼續走下去，直到永遠。

附近根本沒有鄰居，平時也不會有人來造訪，自此幾乎不再下樓的男子，此刻，卻突然聽到樓下傳來了聲響。

這可不得了，不論來者何人，都犯了男子的大忌。

即便已經不再使用樓下的任何活動空間，他也不允許有人闖進來破壞這個家原本的風貌。

他要保留當初與妻子兩人一起生活的模樣，妻子的衣物、化妝品、盥洗用具等等，全都要維持原位，不容許有一丁點異動。

是哪個賊膽敢闖進來？

多了一個人的腳印，多了一個人的呼吸，整個屋子的氣流就會不一樣！

他可不能忍受，不管對方是十惡不赦的殺人犯，還是哪裡的小孩偷溜進來竊盜，全部都別想安然離開。

一旦踏進這個家，改變了這個家的空氣，他就會跟他們拚命，要他們付出代價。

男人一點也不害怕，反倒是一臉怒氣，直覺反應一把拿起了以前外出打獵，現在已經放在閣樓倉庫不用的獵槍。

男子將其中一片木板往下推，二樓的走廊上，就這麼出現一道從天花板降下來的階梯，打開了隱藏在天花板上的閣樓出入口。

男子踩著木製階梯，發出輕微的嘎嘎聲響，一步一步小心翼翼地走下樓。

到了二樓，男子將通往閣樓的階梯往上推回去藏好，避免愛妻被打擾。

二樓的燈全是暗的，但這完全不影響男子的行動，畢竟這裡是他最熟悉的家。

他四處查看了一番，整個二樓並沒有什麼改變。

緊接著，男子循著細微的聲音，往下走，來到了一樓走廊。

大門是緊閉的，但玄關與客廳的燈被打開了。

男子握緊了獵槍，貼著牆面，謹慎地來到了客廳門邊。

果不其然，裡面有個人影在活動。

男子移動了一下自己被遮住的視角，他清楚地看到了，客廳裡的不速之客是一名中年男性。

那人不像是竊賊，他並沒有翻箱倒櫃，反而比較像是在參觀，繞著客廳四周，東看看、西看看。

不管這個入侵者有沒有犯罪的意圖，對男子來說他都已經犯了不可饒恕的重罪，更何況在西方國家，發現有人擅闖民宅，主人理所當然可以開槍射殺。

男子檢查了獵槍的彈匣，確定有子彈後，立刻上膛舉槍，瞄準了入侵者。

一聽到子彈上膛的聲音，入侵者敏感地回過頭來。

「哇啊——！」

一轉頭就看見不遠處有管槍口對準了自己，放聲大叫是入侵者最直接的反應。

「砰」一地一聲巨響，劃破了寧靜的夜空。

只見牆壁上留下了清晰可見的彈孔，入侵者卻已經消失得無影無蹤。

喀嚓一聲，男子立刻朝大門衝了過去。

發現大門洞開，立刻轉頭看向客廳地板，地毯明顯被慌忙的腳步踩得亂七八糟。

男子咒罵了一聲，咬牙切齒，惡狠狠地瞪著敞開的大門外。

那入侵者運氣好，竟然因為腿軟而降低了身姿，躲過一槍，連滾帶爬地逃出去了。

他實在不甘心，既沒能嚴懲入侵者，還在自己心愛的屋子牆上開了個洞。

男子回過頭去，輕輕地靠在被子彈擊中的牆上，不斷來回撫摸著牆的傷口，懊悔又不捨地痛哭了起來。

2

度過了不平靜的一夜，男子擁抱著愛妻入睡。

夢裡，他回到了與妻子一起生活的歡樂時光。

原本溫馨的氣氛，卻在一瞬間全都變了樣，數名歹徒闖入家中，大肆破壞他們的房子，最後還開槍射殺了他最心愛的妻子。

男子瞬間驚醒過來，哀慟崩潰，眼淚卻再也流不出來，因為這段期間，他早已經不知道痛哭了多少日夜。

耀眼的陽光刺了進來，為昏暗的閣樓增添了些許光明。

男子沒有沉浸在惡夢的傷痛中太久，因為很快地，他就被樓下傳來的聲音拉回了現實。

是誰！

這次又是誰闖進家裡了！

這些人到底想要什麼？

為什麼一而再、再而三地來擾亂他們平靜的生活？

大白天的，男子更無所畏懼，氣沖沖地再度拿起了獵槍，一口氣衝到樓下去。

才剛走到一樓與二樓之間的樓梯間，就看到眼前一個身著工作服的男人，站在玄關與自己面對面相望。

還來不及舉槍，那男人突然驚叫了一聲，立刻奪門而出。

在那男人逃走的下一秒，另一個同樣穿著工作服的男人，匆匆忙忙地從客廳裡跑了出來。

不會再讓你們逃掉了……

趁著逃跑男人的同夥還不明白地往敞開的大門外看過去時，男子毫不猶豫地朝他開了一槍。

子彈不偏不倚地打中了男人大腿，他吃痛地哀號了一聲，倒地不起。

因為擔心又被入侵者逃了，男子情急之下沒有好好瞄準再開槍，不過現在至少打中了腿，這下看他怎麼跑。

就在男子重新裝填子彈的時候，中彈的男人轉過頭來，一看見男子，臉色瞬間刷白，迅速撐起身來，見鬼似地跌跌撞撞死命往外衝，簡直就像從來沒有受過傷一樣。

來不及補開一槍，男子看到這樣落荒而逃的景象也愣了一下。

這些人究竟到自己家裡來做什麼？

雖然因為這裡相當偏僻的關係，平時沒有習慣將大門上鎖，想不到竟然會接二連三有這些人闖了進來。

男子一邊思考著，鎖上了大門，到這些人去過的客廳查看。

只見客廳牆上的彈孔竟然被填補好了，就是還沒油漆，一塊灰灰的水泥就這麼覆蓋在彈痕上。

難道是剛剛那兩個穿工作服的男人？

不記得自己有找人來修補啊，現在的水泥工還有不請自來的？

該不會是昨晚情緒不穩的情況下找的，睡了一覺醒來就忘了？

不，不可能是自己找來的，因為就在妻子逝世的同時，他的世界就已經崩毀，不想再和外界聯絡了，所以電話線也早就拔掉了。

帶著不解的疑惑，回到閣樓，男子趴在床邊，牽起妻子的手，一邊告訴她昨晚跟剛剛發生的怪事，並對她發誓，絕對會一直在她身邊守護著，要妻子不用擔心。

才剛說完，似乎又有人來了，這次男子清楚聽到有人試圖開門的聲音。

他將頭探到窗邊一看，外面果真有一個婦人帶著一名小女孩，兩人看起來就像是一對母女，站在自己家門口。

婦人拚命地轉動門把，對著門又推又拉始終打不開，小女孩突然轉過頭來，看向閣樓窗戶。男子下意識地躲了起來，或許是一種直覺反射吧，當有人毫不客氣，直直看過來的時候，不免會躲避她的眼神。

女孩拉了拉婦人的衣角，似乎是在告訴她裡面有人，婦人跟著看過來時，男子卻已經躲起來，她什麼也沒看到。

這裡是自己的家，何必躲躲藏藏？

再說就算她們只是婦孺，仍然是外來的入侵者！

男子越想心裡越不是滋味，於是又探出頭來，面露凶光盯著兩人看。

凶狠銳利的眼光，這次連婦人也明顯感受到了。

小女孩天真地對著閣樓的男子揮揮手，婦人一看到男子，驚叫連連，連忙抱起小女孩以百米五秒的驚人速度飛奔離開。

看著她們遠去的身影，也好，至少她們還知道要離開，如果執意要進屋來，以男子累積下來的怒氣，必定會將她們大卸八塊。

鎖上了門似乎避免了許多不必要的麻煩，確定沒有其他人打擾之後，男子再度回到妻子身邊，展露出從來沒有人看過的溫柔笑容，替她梳理頭髮。

3

轉眼間，窗外一片橘黃，偌大的夕陽映照著閣樓。

昨晚一直到今早，來了許多莫名其妙的人，讓男子繃緊神經，好不容易鬆懈下來，身心俱疲的他，不知不覺睡著了，一覺醒來，已經過了大半天。

砰砰砰——

惱人的噪音將男子從睡夢中喚醒，一陣急躁的敲門聲，搞得他頭都痛了起來。

男子從窗戶看出去，來的是一名年輕男子。

這人又是來做什麼的？

他從來就沒見過這些人，為什麼這些莫名其妙的人會不斷來到自己家裡？

一直沒有人應門，青年索性在門口坐了下來。

男子用不友善的眼神直盯著門口的青年，然而青年卻完全沒有察覺，背對家門席地而坐，好像不見到屋主不罷休似的。

雖然青年沒有進到屋子裡來，也沒有任何強行闖入的意圖，但他一直坐在那裡，就好像守株待兔一樣，讓男子感覺相當不舒服。

天色漸漸暗了下來，再過不久，太陽應該就會完全沒入另外一頭，青年依舊坐在那裡，與男子僵持不下。

終於，男子再也受不了，下了樓，準備一開門就臭罵青年一頓。

大門喀嚓一開，映入男子眼簾的，是個東方人的面孔。

發現對方是東方人，男子霎時愣住了，不知道該怎麼開口，就算要罵他，說不定對方也聽不懂。

男子還沒回神，東方青年看了他一眼，「哼」地冷笑了一聲，隨即便轉頭離去。

嗯？

男子腦中充滿了問號，剛剛那東方人究竟是？

也罷，既然人都離開了，那就沒什麼好計較了。

在這之後，經過了一天一夜都沒有任何可疑人士再出現過。

就在男子已經逐漸淡忘之時，第二天晚上，奇怪的事情發生了。

屋子裡，不時傳來有人活動的聲音。

原本還以為又有人闖了進來，然而接連幾次下樓查看，結果卻什麼也沒發現。

屋內擺設完全沒有變動過，就只是不斷發出聲響，讓男子不由得心生恐懼，從原本的憤怒轉變為恐慌害怕。

本以為到了白天，情況就會好轉，想不到卻不是這麼回事。

不論是白天或黑夜，總覺得家裡還有其他人，但就是找不到那第三個人的蹤跡。

這樣的情況只有加劇，沒有減緩。

一連串下來，發生許多詭異的事情，他開始感到毛骨悚然。

第三天晚上，屋內有了些微的改變，不僅依然有其他人活動的聲音，現在連物品的位置都有所變更了。

一切就好像有個透明人搬進來住一樣。

男子越來越覺得恐懼，再會玩捉迷藏的人，也不可能可以隱藏得這麼好，一整天下來，隨時都能聽見有人活動的聲音，卻怎麼也找不到人影。

有鬼，這個家鬧鬼了！

經過兩天兩夜的折磨，男子不得不懷疑有這個可能性。

怎麼幾天前來了幾個莫名其妙的人之後，現在連鬼都住進來了，這到底是怎麼回事？

男子的思緒相當混亂，他聽著樓下仍舊不斷發出的聲音，緊緊地抱住愛妻的身體，面露複雜表情，時而皺眉，時而顫抖，時而驚恐。

突然，他想通了。

一定是妻子回來了，是妻子的靈魂回家了！

自己竟然無知地躲在閣樓，多對不起妻子啊。

男子露出了許久未見的燦爛笑容，三步併作兩步，輕快地跑下樓。

一邊呼喊著妻子的名字，一邊開心地大笑。

但是，當男子認定自己的推論沒錯，開心地又叫又跳的時候，四周卻是一片寂靜。

為什麼突然沒了動靜？

為什麼自己認出了妻子，她卻反而選擇冷漠對待自己？

男子發現不對勁，停下了動作。

有了，廚房裡有一點聲音。

男子害怕驚動到妻子的靈魂，刻意壓低音量，偷偷摸到廚房去。

才剛走到廚房門口，一把刀就這麼筆直地朝男子的臉飛過來。

只差半公分就會刺中頭顱，不禁讓男子冒出涔涔冷汗。

為什麼？

為什麼要這麼對他？

還沒得到解答，廚房裡的鍋碗瓢盆菜刀砧板，全都一起朝男子飛了過來，嚇得他拔腿就跑。

不，這絕對不是自己的妻子，他們是如此恩愛，她絕對不會傷害他。

這房子被惡靈入侵了，之前過來的那些也許根本就不是人！

不然就是那些人因為被趕走，懷恨在心，所以對這房子下了詛咒！

離開廚房，想不到事情並未結束，男子所到之處，所有沒固定住的東西，全都朝他飛了過來。

整棟房子就好像有了生命一樣，就連地毯都掀起波浪，不時將他絆倒在地。

男子狼狽地逃到了門口，正要奪門而出向外求援，一瞬間，他想起自己最心愛的妻子還在閣樓。

他強作鎮定，吞了口口水，一口氣往上奔去。

跌跌撞撞，終於回到了閣樓，男子立刻衝上前去，緊緊抱住妻子。

不一會，樓下恢復了平靜，再也沒有聲音傳來。

男子躲在妻子懷中，背對著閣樓出入口，一臉驚魂未定，大口大口地喘著氣。

已經沒事了？

男子顫抖不已的雙手，無力地放下了妻子。

糟糕！階梯！

男子想起了剛剛匆忙上來，沒有將隱藏的階梯收起。

感覺後面好像有什麼，男子緩緩回過頭去。

男子瞪大了雙眼，在他的面前，階梯的兩側，分別站著一名東方臉孔的女性。

兩名東方女子看見男人的表情，忍不住咯咯笑了出來。

「妳、妳們是誰？」男子發抖問道。

此刻的他已經沒有思考能力，完全沒有想到對方聽不聽得懂自己的語言，只覺得兩人看起來模樣可愛，沒有敵意，所以順口問了兩人的來歷。

「你好，我叫小憐。」小憐瞇起了眼睛，笑容可掬地指著另一名女子，用一口流利的本國語言介紹：「她是我的好姊姊，小碧。」

「妳、妳們究竟是什麼人？為什麼會在這裡？來這裡做什麼！」男子激動地問。

「首先，我們不是人，我們來這裡的目地是希望你能放手離開。」小碧一字一句慢慢說，就怕男子沒聽清楚他想問的答案。

「怎麼可能，這一切都是妳們的陰謀對吧？其實這世界上根本就沒有鬼！」男子抓著頭，歇斯底里地說：「哈哈、哈哈哈，妳們到底有什麼企圖？」

「你不相信啊……」

小憐調皮地看著小碧，小碧聳了聳肩作為回應。

接下來的舉動，讓男子大為震驚。

只見小憐雙手扶著自己的頭，用力一轉，她的頭竟七百二十度轉了整整兩圈。

「鬼、有鬼啊——」男子指著小憐，放聲尖叫。

小憐故意挑了挑眉，板起臉來抱怨道：「真失禮，你自己還不是鬼。」

「妳、妳胡說什麼！」

「不信，我們來證明給你看吧。」小憐俏皮地說。

不知道什麼時候，小碧手中多了一把男子的獵槍。

男子還處於震驚狀態，小碧毫不猶豫地就朝男子的肚子開了一槍。

「你也真丟臉，當鬼當到被嚇成這樣，你好歹也差一點就是黑靈了，怎麼像個膽小鬼一樣。」小碧搖搖頭說。

男子嚇得跌坐在地，他低頭看向自己被子彈打穿的肚皮，竟然沒有血，也感覺不到痛。

男子無法置信，什麼自己是鬼，還有黑靈又是什麼？這一切到底是怎麼回事？

喀、喀、喀——

就在男子還一頭霧水的時候，下面傳來了腳步聲。

男子的驚訝之情全都表現在臉上，一連退了好幾步，一直退到床邊，甚至還躲到妻子的遺體後面。

逃命的時候，男子順道摸走了獵槍。

腳步聲正逐漸逼近，男子明顯聽見了爬階梯的聲音。

待腳步聲停止的瞬間，獵槍也掉到了地上。

只見階梯上，閣樓的出入口，一個只有上半身，沒有頭也沒有腳的怪物飄浮在半空中。

男子一動也不動，直挺挺地杵在原地，表情變得痴呆，情況比被嚇傻了還悽慘。

「哇，不會吧，他不動了耶！」小憐好像看到有趣的玩具一樣驚奇。

「真的耶。他會不會就這樣變成地縛靈了？」小碧特地跑到男子面前，一隻手在男子眼前揮呀揮的。

男子完全沒有反應，整個固定在原地，全身散發白光。

「可能喔。」小憐故作可憐的表情，嘟嘴看著已經不動的男子。

「凡，你也真是的，這樣捉弄他。」小碧雖然像是在訓話，嘴角卻忍不住抽動竊笑。

「凡，你這一嚇又要多添一個傳說囉，竟然把黑靈瞬間嚇成了白靈。」小憐調皮地附和。

眼前這個只有上半身的怪物，用手抹了抹脖子上方，露出了臉，這張臉不是別人，正是任凡。

剛才上樓還來不及清掉其他地方的蓋棺泥，已經是鬼的男子，就只能看到任凡的半個身軀。

「誰知道他會是個膽小鬼，跟我聽到的消息不一樣啊。」任凡裝得一臉無辜，聳了聳肩說：「不過是個灰靈就整天耍狠，也別怪我不客氣啦。」

在任凡眼中，男子散發出來的顏色並不是很黑，因此稱他為灰靈。

灰靈的凶狠程度不比黑靈，也比黑靈更保有生前的人性。

對任凡來說，灰靈就好比自以為是黑幫老大，然而實際上不過是個路邊小混混的人一樣，不具有什麼威脅性。

原本對妻子和這屋子的執著，應該成為紅靈的他，卻因為恨自己無法讓妻子遠離病痛，過幸福快樂的日子，因而充滿怨念成了黑靈。

然而對自己的恨能有多深？在恨意不夠深的情況下，男子散發出的黑氣又比黑靈來得淡，因此成了半吊子的灰靈。

「唉，老婆早就已經不管他，投胎去了，他難道看不出來自己整天抱著的，是一具已經腐爛長蛆的空殼嗎？」看到男子如此痴情，任凡無奈地搖搖頭。

「那現在怎麼辦？就把他留在這裡嗎？」小碧問。

「都變成地縛靈了，還能怎麼辦。」任凡兩手一攤說：「他這麼不想離開這棟房子，這下好啦，就算他想走也走不了了。」

變成了地縛靈的男子，永遠只能痴痴傻傻地被困在這個地方，陪著他那心愛的早已長蛆生蟲的妻子。

4

約莫兩個月前，男子殺了自己久病厭世的妻子。

他看見妻子長期痛苦的樣子，相當不捨。

而他的妻子也曾經好幾次想要自殺，卻每每都被男子搶救回來。

終於有一天，男子再也無力支付醫療費，他看著愛妻，決定讓她從痛苦中解脫。

男子趁妻子熟睡時，用獵槍殺了妻子，之後服毒自殺。

但由於男子實在太愛他的妻子，一直到最後都無法接受妻子的死，也捨不得離開妻子，因此靈魂不散，還幻想自己跟妻子兩人都還活著，一起過著以前甜蜜的日子。

那天，第一個來到這棟房子的中年男子是一名房屋仲介，來這邊的目的是單純的看屋估價，卻驚見一支獵槍憑空浮起，槍管還對準了自己，連忙逃命。

由於先前就有人對這一帶的房子有興趣，隔天一早，仲介商立刻請來裝修工人，要將牆壁上的彈孔填補好。

而前來整修的兩名工人都看見了男子的鬼魂，其中一個還被他開槍射傷。

同一天上午，一對母女在裝修工人走了之後，來到這裡看屋。

仲介因為一點事情耽擱，請母女倆先前往看屋，他隨後就到。

沒料到不應該有人的房子，閣樓竟然出現了人影，母女倆落荒而逃，並立刻告訴仲介她們不要了。

接著，任凡接到仲介已故親人的委託，在同日下午來到這裡調查。

那位最後來到這間屋子的東方青年，正是任凡。

一般這種普通案件任凡是不會這麼快處理的，畢竟手上還有好幾筆委託任務要解決，按照排隊順序，說不定半年之後才有機會輪到這個委託。

但是，委託人給的報酬，讓任凡相當介意，因此才會破例優先處理這件事情。

「我那可憐的小兒子不過是當個房屋仲介，竟然被嚇到臥病在床，客人還打電話去指控他賣凶宅鬼屋，害我兒子連工作都丟了，他也是受害者啊！」男鬼激動地說。

經過小碧的翻譯，一人一鬼之間得以溝通無礙。

「那你要給我什麼東西當報酬？」

男鬼沉吟了一會說：「我沒有東西可以給你，不過我有一個你應該會想知道的情報。」

「哦？」任凡挑眉問道：「什麼樣的情報？」

「聽說你在找一個人，這情報可能對你有幫助。」男鬼露出了陰沉的笑容。

所有鬼都知道，欺騙任凡，欺騙Z先生，絕對不是明智之舉，因此任凡也不懷疑男鬼說的話有假。

第二天，一查清楚在那房子作祟的是灰靈，任凡回去準備過後，很快就將任務解決了。

回到古堡，也正是任凡在歐洲的根據地。

「好啦。」任凡雙手托著下巴，目光銳利地對著眼前的男鬼說：「你的委託我已經解決了，你要給我的情報是什麼？」

「Z先生，或許你在東方的黃泉界是最有名的活人，但是，在歐洲的黃泉界，有個比你更有名、更具威嚴的活人。」男鬼沉下了臉說：「在歐洲，如果說有誰能夠抓住你母親的魂魄，我想應該就只有那個男人了。」

「嗯……」任凡沉吟了一會：「所以呢？那個人是誰？」

「我不能說。」

男鬼口氣堅定，這可惹惱了任凡。

「這算什麼情報？不能說的事情你拿來當報酬？你最好把你們祖墳看好！」任凡拍桌起身，指著男鬼吼道。

「不，等等，你別急，我還沒說完。」男鬼看到任凡凶狠的樣子，嚇得差點魂都要飛了。

任凡鐵青著臉，勉強坐回椅子上。

「不是我不想說，而是這裡根本也沒有鬼敢說出他的名字。」男鬼顫抖說道：「但是，我知道他可能會在哪裡……」

5

馬可波羅低著頭，就好像一隻受了傷的可憐小狗。

「所以你也知道他囉？」

「我、我，哎呀，別這樣嘛，凡。」馬可波羅結結巴巴，可憐兮兮地說。

「凡你個頭，不要叫我凡，誰跟你那麼親密了！」

「好吧，我、我只能透露一點點喔。」

任凡用冰冷的眼神看著馬可波羅，馬可波羅很清楚自己不說不行了。

「那個人在一個叫做『滅龍會』的組織裡。」看任凡挑起了眉，一臉不相信的樣子，馬可波羅繼續解釋：「哎唷，就像你們亞洲中國以前不是有什麼興中會、同盟會的，就是類似那樣的組織。聽說滅龍會不只有在歐洲，世界各地都有他們的蹤影，只是他們隱藏在政商企業底下，知道的人並不多。」

「你說那個什麼滅龍會的，他們是在做什麼的？」

「這……其實我也不是很清楚，不過似乎是在找一條血脈。」

「既然你也知道那個人可能囚禁了我媽的靈魂，當初為什麼不告訴我這個消息？」

「我、我怕失去你啊，你也知道，我這麼久沒跟活人在一起了，難得有你可以跟我聊天……」

「你這種說法好 gay 喔。」任凡一副死魚眼瞪著馬可波羅。

「我是把你當朋友啊！」

「一樣，還是很 gay。」任凡面不改色地說：「那個人到底叫什麼名字？」

「我、我、我真的不能說啊，你就饒了我吧！」

馬可波羅回去之後，任凡暫停了一切委託任務。

目前得到的消息是，那個男人的名字沒有鬼敢說出口，可以想見他在歐洲黃泉界的地位。

而那個人所在的滅龍會歐洲支部之一，應該就是在男鬼告訴他的西班牙首都——馬德里。

6

西班牙馬德里的街頭，任凡悠哉地走在路上。

為了確定那個情報的真假，任凡來到了西班牙。

如果那個委託人與馬可波羅的情報屬實的話，只要再過幾條街，任凡就可能找到關於自己母親的線索了。

想到這裡，就連平常瀟灑萬分的任凡，也感覺到心情有點七上八下、患得患失。

但是，這也只有多年跟在任凡身邊，他的兩個鬼老婆小碧、小憐才看得出來。

黑夜的馬德里街頭，任凡朝著自己的目的地前進。

突然，一陣驚天撼地的巨響，在天空中引爆開來。

爆炸威力之大，就連遠在幾個街頭之外的任凡也被震波震到一連退了好幾步。

原本輕鬆浪漫的街頭頓時變了樣，尖叫聲此起彼落。

任凡先是從爆炸的震波中穩定下來，接下來一個不安的念頭跑到了他的腦中。

他立刻看向小碧、小憐，兩人也立刻了解到任凡的心，先一步朝爆炸的地點飄去。

引發爆炸的是一棟大樓，從外觀看起來就好像先進的商業大樓。

爆炸引發的火災，讓大樓在黑夜中宛如一支巨大的火把，照亮了整座城市。

任凡看著這團火炬，心中暗自祈禱著自己剛剛的不安不會成真。

但是小碧、小憐卻帶回了壞消息，從兩人的表情，任凡立刻了解到，那棟爆炸的大樓，正是自己此行的目的地。

這讓任凡感到前所未有的沮喪，但是此刻的他也只能看著這團宛如火把的大樓，在大火的肆虐下，肆意狂燒。

對面大樓屋頂上，一個同樣來自東方的男子，也正望著這在黑夜中宛如火把的大樓。

三小時後，他的素描即將佔領全西班牙的電視機。

因為眼前的這起爆炸案，雖然不是他直接引起的，但也算是間接引起的。

畢竟，這起爆炸案真正想殺的人，正是他。

他有著一雙鮮豔血紅的雙眼，在黑夜之中跟大樓一樣綻放著光芒。

他叫做江飛燕，跟任凡一樣來自台灣。

此刻的他與任凡完全不認識，但是兩人身上卻有著極為類似的宿命，而且兩人如果可以坐下來好好聊聊，或許會發現彼此有許多共同的朋友與過去。

此時兩人之間距離起碼超過五百公尺，但是冥冥之中，這兩個男人竟然同時有了一種奇怪的感應。

兩人在同一時刻一個向下望向街頭，一個向上望向屋頂。

這相隔數百公尺的距離，兩個男人在這裡四目相接。

兩人在看到對方時，都微微皺起了眉頭，畢竟兩人同樣來自東方，所以都與周遭慌亂成一團的人們有著明顯差異的臉孔。

更重要的是，兩人都展現出與周圍人們不一樣的態度。

就在這時候，警車與消防車的警笛聲，打斷了兩人。

兩人結束四目相接，任凡立刻朝向火災大樓的方向奔去。

而屋頂上的飛燕，則朝著反方向而走。

雖然此刻，兩人的方向迥異，但是命運終究會讓兩人再次相遇。

番外之二・借婆

所謂的蝴蝶效應，簡單來說就是一開始宛如蝴蝶飛舞般微小又微不足道的改變，經過一連串的相互影響之下，最後卻演變成造成巨變的連鎖反應。

雖然說以現代的科技來說，這個效應已經廣為人知，不過在古今中外的歷史上，或許對這個效應最了解的人，就是借婆了。

身為黃泉界三婆之首的她，雖然宛如經營著黃泉界的大當鋪一樣，進行著一借一還的買賣，但是實際上，卻是藉由這樣的借貸，來掌握與影響在後面錯綜複雜的因果脈絡。

在人口膨脹加上科技進步的影響之下，導致人與人之間的交流日益頻繁，因果之間的關係也變得更加龐大與複雜。借婆的工作，就在於簡化與消弭這些不斷越演越烈的因果，讓這些恩恩怨怨有個可以畫下句點的機會。

只是穿梭在這些因果之中久了，看著一開始，可能就只是彼此行走的時候，撞到了肩膀的芝麻綠豆小事，經過了幾代的輪迴後，最後演變成數十人，乃至於數百人之間的恩怨，還是不免讓借婆感慨，甚至懷疑類似這樣的互相毀滅與傷害，會不會就是人們最原始的本性。

就本質來說，黃泉界的三婆各司其職，在奈何橋邊的孟婆，用一碗孟婆湯洗盡魂魄的記憶，給了每一次輪迴一個重新開始的機會，代表著希望。旬婆所代表的，就是嚴厲的懲罰。而借婆代表的，恐怕就是在兩者之間，也是人世間最需要、也是最重要的平衡。

雖然說一切都有定數與律法，但是有些事情，不是單純靠閻王、孟婆與旬婆三個關卡，就可以釐清與解決的。

就好像是殺人放火，這種在人世間的法律不允許的事情，死後到了地獄，也同樣有所裁罰，這沒有什麼太大的問題。

然而罪可罰、業難償，在很多情況下，有很多是非對錯，即便是閻羅王也難以釐清，這種多半都被稱為業。

舉例來說，假設一位醫生拯救了一個病人，如果沒有這位醫生，那麼這個病人就會因病而死，雖然救活了這個病人，但是這個病人卻沒有因此珍惜自己得來不易的餘生，反而幹起殺人放火的勾當，最後反而害死了更多的人。

這位醫生，相信不管是在全世界哪一個國家，都不會被說成罪人，即便到了最後的審判，來到了閻羅王的面前，閻王也沒辦法說這是件罪過的事情。

雖然說一般而言，當醫生的所拯救過的人命，早就足以抵消這些業，但是其中的因果輪迴，卻不像數學公式這麼單純。

類似這些沒有實質的罪，卻仍然會產生出來的業，以及之中可能牽扯出來的愛恨情仇，最終都會在輪迴的路上，產生交集，形成所謂的因果之線。

這些都遠遠超過凡人所能計算與預料的範圍之外，只有像借婆這樣的人物，才有可能想盡辦法釐清與解決，這也正是借婆過人之處。

當然關於這些，借婆也曾經想透過言語告訴「她」，但是才剛開口，就知道光是一條因果線，都得花一生一世的時間才有辦法釐清，光是靠說的，不可能完全傳達這其中的奧秘，不然也不會只有她才能夠勝任這樣的重責。

即便自己也知道，所有可以做的事情，自己都已經做了，但是借婆的內心，還是感覺到不捨與難過。

手中的八卦杖在這時有了動靜，借婆也緩緩地睜開雙眼。

每次當八卦杖上面的八卦球開始轉動的時候，就代表著這些錯綜複雜的因果線，有了可能可以畫下句點的關鍵時刻。

其實不需要八卦杖的提醒，借婆早就已經知道了此刻即將到來，因此此時的借婆飄浮在空中，而在她面前的這座公寓，正是關鍵時刻即將降臨的地方。

一牆相隔的公寓中，一名身材高大的男子，趴在一堆資料上面。

這個男子不是別人，正是最近在警界爆紅的明日之星——白方正。

此刻的他，因為連日的勞累，導致看資料看到了一半就直接趴在資料上面睡著了。

由於方正這些日子的活耀，解決了許多大案件，因此上面下令要擴編方正行動小組，讓方正自己親自挑選合適的組員，方正突發奇想，決定召集一批跟現在的自己一樣，擁有陰陽眼的成員。

這幾天就是為了閱讀這些人事資料，以及調查這些人，讓方正好幾天都沒有辦法好好睡覺了。

因為有了前車之鑑，讓方正特別小心，他可不想要將一般沒有陰陽眼的人，錯拉到了自己旗下，畢竟那可能會再次引發難以預料的結果。不管是對那個人來說，還是對自己來說，都不是件好事，所以方正才會花那麼多心思在挑選特定的警員上面。

在經過了這段時間的努力之後，好不容易終於將資料分成了兩疊，其中一疊就是方正接下來會去調查與拜訪的組員，如果調查之後確定他們都有陰陽眼，方正就會把這些人納入麾下，至於另外一疊，當然就是在這個階段就已經被淘汰的人。

此刻，渾然不知一牆之隔的外面，有個黃泉界大人物的方正，正因為雙眼的疲勞，趴在桌上休息，不知不覺便睡著了，這時仍然沒有察覺到半點動靜，沉沉睡著。

一牆之外的借婆，就好像想到了什麼，猶豫了一會之後，臉上浮現出淡淡的笑容。

就當作是自己這上萬年以來的第一次任性吧，借婆這麼告訴自己，畢竟到頭來，都是自己心上的肉啊，完全不做點什麼，還是讓借婆心中覺得難受。

於是借婆緩緩地伸出手來，與此同時，方正桌上堆疊成兩堆的資料，其中一堆最上面的一份資料，緩緩地飄浮了起來。

這兩堆資料，是方正經過挑選之後，分類好的資料，其中一邊是被方正選中，接下來會去調查，很可能成為方正特別行動小組的成員，另外一邊則是已經被淘汰的人。

而飄浮起來的這份資料，正是被遴選中，很可能會加入方正特別行動小組的人事資料。

這份封面上面寫著「嚴紓琳」的資料，就這樣緩緩地飄到了淘汰的那一邊。

就在那份資料放到了淘汰那一邊的同時，彷彿感覺到了什麼，睡到一半的方正突然驚醒過來。

睡眼惺忪的方正，愣了一會之後，才清醒過來。

小睡片刻之後的方正扭了扭脖子，拿著已經見底的杯子，打算到廚房倒杯咖啡，讓自己好好清醒一下，把剩下的資料看完。

剛睡醒的他，走路還有點輕飄飄的，因此經過書桌的時候，身子碰到了桌角，桌上堆疊在一起不是很穩的資料，在這陣搖晃之下，一份資料就這樣掉在地上。

「嘖。」

方正蹲下來，將資料撿起來，因為沒看清楚到底是哪一疊掉下來的，因此方正看了一下封面。

封面寫的名字，正是剛剛被借婆移動過的「嚴紓琳」。

由於方正對這個名字還有點印象，因此把資料又放回到被選上的那一邊。

在方正將嚴紓琳的資料跟其他資料放在一起的同時，一牆之外，借婆手上的八卦杖，原本激烈轉動的八卦球這時也緩緩地停了下來。

雖然沒有看著八卦杖，不過借婆自己也知道，一切都開始了。

借婆苦笑，果然就算是她，也沒有辦法改變這一切。

雖然耍了點小手段，將其中一個人移到淘汰的那一邊，結果不到一分鐘，又被拉回了正軌。

當然，借婆絕對有足夠的能力，做出更大的改變，甚至讓整個命運脫軌，偏離它原本應該前進的方向。

但是借婆也知道，就算自己真的這樣介入，或許逃得了一時，不過在經過一陣輪迴之後，一切又會回到這個地方，就好像終究會回歸到原位的那份資料一樣。

即便是借婆自己，也沒辦法改變這樣的命運，此刻的她，只能靜靜地看著一切發生。

黑暗之中，借婆仰起頭，不自覺地長嘆了口氣。

須臾，雖然仍然飄浮在空中，不過借婆還是習慣性敲了敲自己手中的八卦杖，身影也跟著消逝。

這個屬於借婆自己的因果之線，已經正式展開，而且通往一條連借婆自己都沒有辦法阻攔的全新道路上。

後記

大家好，我是龍雲。

在寫這篇後記的時候，剛好是二〇一九年的元旦，這也意味著今年早早就開始開工了。

揮別了去年，對我個人來說，或許是件好事，畢竟去年真的不是理想的一年。人真的很奇妙，即便沒有半點可靠的依據，說明新的一年會比過去的一年還要好，但是在這樣的日子裡面，還是對新的一年有所期待。

這一次的短篇，其實是出自於過去一位朋友的疑問，也多少算是補足一些關於黃泉三婆的世界觀。

雖然說關於借婆傳奇這個部分，其實有一些當年想要寫的部分，如今都已經忘得差不多了，不過對於借婆這個角色，也算是自己非常喜歡的人物，所以記憶還算清晰。而這篇短篇，或許也可以多少解答一些人心中的疑問。

雖然說大家看到這段後記的時候，應該已經距離元旦一段時間了，不過還是祝大家新年快樂，在新的一年裡面，可以心想事成、一切順心。

同樣也希望這一次的故事大家會喜歡，那麼我們下一集再見囉。

龍雲

作者　龍雲
封面繪圖　啻異
總編輯　莊宜勳
主編　鍾靈
責任編輯　黃郁潔
美術設計　三石設計

出版者　春天出版國際文化有限公司
地址　台北市信義區信義路四段458號3樓
電話　02-7718-0898
傳真　02-7718-2388
E-mail　story@bookspring.com.tw
網址　http://www.bookspring.com.tw
部落格　http://blog.pixnet.net/bookspring
郵政帳號　19705538
戶名　春天出版國際文化有限公司
法律顧問　蕭顯忠律師事務所
出版日期　二〇一九年一月初版
定價　199元

總經銷　楨德圖書事業有限公司
地址　新北市新店區寶興路45巷6弄6號5樓
電話　02-8919-3186
傳真　02-8914-5524

龍雲作品 26

黃泉委託人：極惡企業

國家圖書館出版品預行編目資料

黃泉委託人：極惡企業 ／ 龍雲 著. — 初版. —
臺北市：春天出版國際，2019. 01
面；　公分. —（龍雲作品；26）
ISBN 978-957-741-182-2（平裝）
857.7　107023603

ISBN 978-957-741-182-2
Printed in Taiwan

龍雲
作品

龍雲
作品

龍雲
作品

龍雲
作品